谢志强 /

著

过　手

《江南聊斋》第二部

GUO

SHOU

百花洲文艺出版社
BAIHUAZHOU LITERATURE AND ART PRESS

图书在版编目（CIP）数据

过手 / 谢志强著. — 南昌：百花洲文艺出版社, 2023.10
ISBN 978-7-5500-5188-1

Ⅰ.①过… Ⅱ.①谢… Ⅲ.①小小说-小说集-中国-当代 Ⅳ.①I247.82

中国国家版本馆CIP数据核字（2023）第105602号

过 手

谢志强 著

出 版 人	陈 波
总 策 划	张 越
责任编辑	李梦琦 万思雨
书籍设计	方 方
制 作	周璐敏
出版发行	百花洲文艺出版社
社 址	南昌市红谷滩区世贸路898号博能中心一期A座20楼
邮 编	330038
经 销	全国新华书店
印 刷	湖北金港彩印有限公司
开 本	787mm×1092mm 1/32 印张 7.875
版 次	2023年10月第1版
印 次	2023年10月第1次印刷
字 数	160千字
书 号	ISBN 978-7-5500-5188-1
定 价	34.00元

赣版权登字 05-2023-293

邮购联系 0791-86895108

网 址 http://www.bhzwy.com

图书若有印装错误，影响阅读，可向承印厂联系调换。

目　录

给大海唱戏

事后，父亲对他说：幸亏没带你上船，你畏水，那是很大的水。父亲还感慨：鸡蛋不能放在一个篮子里呀。

当时，他十岁。有一次，不慎落入镇前的小河，差一点就溺水。自小，他耳濡目染，一个招式，一段唱腔，俨然是父亲。戏班子里，他已混熟了。都说他是一块唱戏的好料。

父亲是草台戏班里的台柱子。那一带，祝个寿，开个业，都请戏班子去助兴。草台班像一条船在江河上漂流。一年里，很多时候他见不到父亲。每次回来，父亲会带个糖人，让他的嘴甜甜的。

那一年，要乘船，走海路。一个富商派了船来接应。他没见过海，吵着要跟去，父亲犹豫了，最后还是让他留在家里。

那是清朝雍正年间，一条载着演员和道具的船，出了运河，入了东海。霎时，乌云密布，狂风大作，恶浪翻滚。船像一片枯叶，一会儿托上浪尖，一会儿落入浪底。

父亲以为难逃此劫。平时，父子很少交流，他遗憾连一句话也不能对儿子交代了。但他欣慰，不知生出什么念头，没带儿子上船。

船已不可掌控。父亲处变不惊，反倒平静。船起起伏伏，摇摇晃晃，不知过了多久，忽然不动了——搁浅了。风浪竟将船推上了海滩。

海边有一块大石头，像一座楼房。耳边净是涛声。浪涛似乎要推翻巨石，却溅出白色泡沫一样的浪花，仿佛大海吞不进那块大石头。也似大海消受不了就吐出了那块巨石。

随即，风停，浪歇，潮水退去。船在沙石滩上不动了。船上的人回过神来，乱作一团。有的拿起桨，有的跳下船，又撑又推。船一动不动。

父亲走南闯北，见多识广，他说：那块大岩石，很像一个高高的戏台。

戏班子里的人说他：到了这个时候，还想着戏，不要命了？没命了怎么演戏？

父亲对班主说：看来，大海把我们送到这里，是想让我们演一台戏呢？演了戏就有了命。

大家发现，那块大岩石，真像一个天然的戏台。班主尊敬台柱子，说：面朝大海，何来观众？

父亲说：今日的天气，有些奇怪，是不是海龙王和水族们见了戏班子路过，也想听一出戏，就用这种方式留住我们了？看来，不演就脱不了身。

一个演过小龙女的演员说：你怎么知道海龙王看见我们了呢？

父亲说：怪不得你演不好，我们看不见海龙王，可海龙王能看见我们。

班主看一看大石，望一望大海，说：那就演一出吧，现成的戏台有了，演哪一出呢？

父亲常给儿子讲神话传说，有一肚子故事，有一脑子戏文。父亲脱口说：《小八仙》。

班主叫十一个演员上船换戏装。不一会儿，八个演员就亮相了。穿着八洞仙的戏服，戴着八洞仙的头盔，持着八洞仙的法器。另有一个演员穿着王母娘娘的戏衣，戴着王母娘娘的凤冠，还有两个演宫娥，登上了大岩石。

父亲对儿子比画了海边的大岩石：两丈长，近两丈宽，一丈高。岩顶平坦，有水迹，像冲洗过了一样净亮。岩石后，一丈处，右边一级平台，恰好能容下器乐队，便是后台了。

后台击起鼓板，奏起音乐。十一个演员在那块大岩石顶，面朝大海，演起了《小八仙》。似乎命运都维系在这台戏上了，演了戏，能出海，很要紧，都演得很认真。

鼓板静了，戏演完了，班主笑了。奇怪的是：一阵一阵潮水滚滚而来，像大海鼓掌喝彩。潮水涌上沙滩，船慢慢浮起。顾不得卸妆，众人轻松一推，船下了海。

父亲把当时的情景，对儿子说时，还辅以一动作，好像虚空的动作，将船托起，放入海中。儿子听时，如同听父亲讲神话。八仙过海，各显神通。

那块海边的大岩石，就有了名字：戏台岩。据说，渔民祭海，也凑份子，邀请他父亲所在的那个戏班子，登石演戏。

儿子向往大海。父亲有过那次海上的经历，不再让儿子学戏。本该子承父业，儿子渐渐长大，父亲知道儿子畏水，哪受得了大海？就私下里对吹糖人的小贩（也是个戏迷）商定，让儿子拜了师。儿子喜欢糖人，就学吹糖。

儿子出徒，挑起货郎担，走村串巷，后边常跟着一帮小孩。他吹出的糖人，都是古装戏里的人物，最为拿手的是吹八仙，八仙过海，活灵活现。他的吆喝是唱腔，《小八仙》的唱词。戏台走到哪儿，他的货郎担就跟到哪儿，只是没上过渡海的船——父子俩有约定。

乌纱帽

这个海岛，不大，有百十户人，靠讨海过日子，有地种，自给自足，出名出在有一个在朝廷做官的人，不说其名，都称他为陈状元。像一个放飞的风筝断了线，陈状元离开小岛，再也没回来过。

百十户人家，以陈姓居多。乾隆末年，陈氏家族出了一个后生，喜欢吃海鲜，且天资聪慧，记性特好，私塾先生一教，他就懂。书本到手，过目不忘。先生夸他：颜渊再生，子路复现。

十载寒窗，陈氏家族送他赴京应考，一举成名，三鼎甲及第——中了状元。状元朝天子，天子问状元。他对答如流。

皇上器重他这个状元郎，留朝中，连晋升，官至左相。

陈状元偶尔尝海鲜，就想念大海——海水怀抱的小岛。身居朝廷，似在孤岛。有一次，进谏，皇上采纳，要论功行赏。他提出心愿，回家乡看一看父老乡亲。

皇帝不准。

陈状元卧病在床，皇帝派御医去诊疗，不见好转。御医知是心病。皇帝送来海鲜，陈状元不得不上朝。

有了海鲜，还要回家乡？陈状元深知皇帝的忌讳，就不好再提回家乡的事儿。年复一年，他时常梦见小岛，有一夜，梦里，风浪大作，他躺在小船上，无桨无舵，船在浪头上，在漩涡中，起落、打转，他惊醒，一身冷汗。他习惯了硬床板。

终于脚踏六十岁，辞官退位，仿佛风筝的线又结上了，他给皇帝上书，打算告老还乡。

皇帝不准，要他仍然留在身边，有什么事，问起来方便。皇帝念他是个忠臣，有才不傲，敢于直言。

陈状元仍享受着皇上送来的海鲜，仿佛吊住他的嘴，他不点穿，那不是东海的海鲜。他知道，活着再也见不到童年的小岛了，只能梦里一次次返回。像大海里生存着丰富的生灵，他自知，脑子里记着朝廷中无数不可泄露的秘密。

一日，他在府中，莫名其妙坐立不安，看书看不进，提笔不成文。为官一生，似乎只有状元冠这个凭证。他突发奇想，唤来跟随他多年的管家，要求管家即刻启程，送那顶乌纱帽回故乡。

管家一路辗转，将乌纱帽渡至了小岛。

见帽如见人。陈氏家族闻声聚来，争相观看。整个小岛，像过年一样热闹起来。

陈状元没来，让官帽回来。状元冠属于岛上所有人的骄傲。陈状元是朝廷"高高在上"的大官，族亲们商议，要把乌纱帽放在高处，供人瞻仰。

小岛有一座山。那一天，族长带领的族人护送状元冠上山。选了最高的峰顶，放置妥当。很多岛民见帽思人，怎么想象，帽子底下就是当年过海的那个后生。每个人想象帽子底下的那个陈状元都不一样，甚至还是个背书诵诗的学童。

当夜，风雨交加。晨起，风平浪静。那个状元冠不见了，似乎被风刮走了。

族人发现，安放帽子的地方，多出了一堆石头，像风把岩石托上来那样。远望，山体也起了变化，像个威严站立的人，那堆石，像一顶状元冠，戴在人形的山顶上呢。

管家赶回京城，陈状元已无疾而逝，睁着眼，像企盼什么——死不瞑目。留给管家一个字：默。管家想起，有个夜晚，他随老爷出门，忽然，黑夜里蹿出一犬，那是一只流浪狗，黑色的毛，像是浓缩的夜色。

皇帝也参加了陈状元的葬礼。

管家只对夫人说了岛上的所见所闻。老夫人说，恰好那一夜，老爷做了噩梦，梦中狂风大作，小岛像一叶舟，沉没在浪涛之中。那一叶舟，分明是顶乌纱帽。

管家安慰道：老爷还是回去了。

罚 戏

　　两个村庄，相距六里路。一个村以陶姓为主，一个村赵姓居多。据说，两个村的祖先都是逃荒来到此地落户，大概要隐蔽来路，都不以姓命名村庄。

　　赵姓居多的村庄，各家各户都种植果树，果实好看，好吃。陶姓为主的村庄，有树无果。奇怪的是，栽了赵姓村庄同样的果树，开了花，结了果，结出的果实样子好，不能吃，又涩又干。所以说无果。

　　不过，无果却有戏。戏班子也很简单。一两个琴师，两三个演员，不挂布景，不拉大幕，不用道具，一身生活里的装束，平时里穿什么，演出时穿什么，全凭一张嘴，边唱边做，逢场作戏，即兴发挥。本地方言，颇受喜欢。

　　村民大多都会唱戏，自愿搭档，甚至一个字也能唱一本。唱得最好的叫陶喜，本叫陶戏，他演戏，幽默、滑稽，很讨喜，就将"戏"改成了"喜"。当地念陶和讨一个音。他常被县里、镇里邀请，婚庆、祝寿，也有办丧事的来请他演戏。靠戏吃饭。村里人推举陶喜当村长。

　　先是外边人称此村为戏文村，村里唱的戏叫花果戏（后来定的名称）。而赵姓居多的村庄，叫花果村。

　　花果村的村长叫赵果，他家的果园最大，果树最多，果实最佳。

戏文村说花果村的人爱炫耀，桃子、梅子、枇杷、李子，每一种果实成熟上市了，都要庆祝一番，好像过节，甚至花开了，也要庆祝，好像好花结好果。

戏文村就忙乎了，当然受邀前去演戏。戏文村一年四季，也有了时鲜水果，以果代钱。当然，每一回都是陶喜牵头、组织、领队。临近村庄的村民也赶来：花果村有花果戏。

赵果眼界很高，也有压陶喜风头之意。他爱看戏，却有贬语：花果戏不成戏，既无刀枪又无旗。

花果村老老少少都喜欢看陶喜演戏。他脑子灵活，会跟台下互动，把一个场面的情绪调动起来，还能即兴编出吉利的唱词。唱得那一张张脸像成熟的果实。

早先，是陶喜自拉自唱，他嫌有些单调，就两个人对唱，一两个人拉琴。渐渐地，他还安插一个跑龙套的演员。那时，他还邀请看客上来参与戏。他把小舞台弄活了。

花果村各家各户的果树，品种和数量均有差异。是好奇，还是嫉妒？总之，偷窃成熟果实的事情屡有发生。赵果组织了护夜的村民，抓住了几个外边的小偷，可是，失窃的事照样出现，而且，不伤害树。赵果说：熟门熟路，家贼难防。

渐渐地，赵果发现了其中的奥秘，护夜的村民碍着脸面，碰见了小偷也不抓不报，都是村里的人，低头不见抬头见。

赵果特意拜访陶喜。陶喜起初拒绝，讨喜的事尽管请我，尴尬的事不要让我为难。他一向是以"讨喜"的形象露面。

赵果备有诱饵叫陶喜咬钩。他知道陶喜一听演戏就浑身来劲儿。他说：请你去，说是坏事也是好事，抓住了偷水果的人，就处罚，罚戏一本，你好带人来演戏，村里人也好看戏，两全其美呀。

陶喜说：要是小孩呢？赵果说：小孩偷，罚大人。

陶喜就组织戏文村的一帮小伙子，夜间悄悄入花果村，躲避一道道守护，只当捉迷藏。

赵果召集村里德高望重的人，商议了一个乡规民约：偷了果子，罚戏一本，以正民风。

那一年，花果村接二连三演了几本罚戏。戏文村闲不下来了。陶喜时不时地带队去花果村唱罚戏。

第二年，罚戏减少了。戏文村的人倒希望花果村里有人偷。少归少，但也有果实成熟，赵果就请陶喜来尝鲜来演戏，少不了送果实表示感谢。毕竟禁绝偷果实的行为由戏文村来人相助。

唱罚戏的名声传出去了。赵果认为有失花果村的脸面。说：你的名声好了，我的名声坏了。好像花果村是贼窝一样，别人的目光我受不了，看着好果子，却戒备卖果人。

陶喜说：我们两个村，像结了亲。统一口径，一致对外，不再叫唱罚戏，叫个入耳的名字，花果戏。花果戏配花果村。

这样，花果戏的名称就叫出去了。不过，那一带的人都知道，戏出戏文村，果长花果村。渐渐地，岁月冲淡了罚戏。

凉 亭

挑着一担小鸭，走了许久，腿僵了，人乏了，小鸭们像是入眠了。一个凉亭就出现在前边，好像应了他突然冒出的歇脚的念头。箩筐一停，小鸭顿时叫起来，仿佛到了家。他坐进凉亭，掀开箩筐，一片攒动的嫩黄。

有一个背着草篰的农夫经过，驻足凑近，看着黄澄澄、毛茸茸的小鸭，说是要买几只回去给小儿子当小伙伴。

卖小鸭的小贩问：这野地怎么冒出个凉亭？还真是好地方，替走远路的人着想。

农夫说：供过往的行人歇歇脚，避避雨，我们村还没个村名，有人称我们是凉亭村，见到凉亭，就快到我们村了。

小贩说：凉亭村好客。

农夫问起价钱，就迟疑，好是好，只是一时拿不出钱。他说：我们这一带，各家各户都养蚕，春天，大家手里没钱，得等到农历五月，卖了茧子，才能有钱。

小贩掏出粗糙的霉头纸（包装土特产的纸）说：我在老家萧山常常采取赊账的办法，你看这样妥不妥，记下你的姓名、住址、数量、钱数，你把小鸭拿走，到时候，我来收账。

农夫报了姓名、住址，还按了手印——小贩竟带着印泥。农夫说：萧山到桐乡的石门镇，路可是很远呢，我最远也只去过石门镇。

小贩顿顿足，说：我这腿，很勤快，带我到了这里。

农夫领着小贩进了凉亭村，村里到处都是桑树。转了一圈，仿佛撒下声音，满村都响着小鸭的叫声，伴随着小孩的笑声。

小贩的担子两头的箩筐空了，轻了，怀里揣着的那张霉头纸上写满了字和数。不会写，就画了个凉亭。

那个领他进村的农夫，还请他一起用了个早晚饭，说是添一双筷子的事儿。叫他留宿，他说：趁凉爽，赶夜路。

过了端午节，小贩成了小商贩，挑了一担小孩喜欢的物件，顺便来收取小鸭的赊账。走到凉亭，歇歇脚，这一次箩筐里可没有声音，不过，想象孩子们拿到小玩意的反应，他就笑了。他没孩子，喜欢听孩子笑。

突然，他慌了。手忍不住伸进怀中的袋，能摸到似乎是融化了的麦芽糖。途中遇上一场雷雨，淋了，现在衣衫干了，霉头纸却成了一团纸浆，吸饱了雨水，一捏，还捏出墨色的汁水，像山林里的野果。

麻烦了。墨字已洇开，姓名、住址、款数，消失在纸浆里。他一向只记得小鸭，别人看来一色一样的小鸭，他能辨认出哪一只是哪一只，但是，记不住人名，甚至所有人的面孔都一样，只知男女。

收账凭账单，无凭无据，谁会认赊账？他记得凉亭相识的那个农夫——小儿缺了两颗当嘴的门牙，笑起来漏风，那天晚饭，小孩连饭也不安心吃了，模仿小鸭的叫，很逼真。

一村的蚕宝宝结茧了吧？仿佛他也缠入无形的大茧中。因为这个凉亭，他接近了一村人，现在，小鸭该长大了。

炊烟升起，小贩进了村，一路吆喝。听见鸭叫，就探头看院。

不等他开口讨债——也不知怎么说，院中人说：哎呀，你总算来了。

小贩一喜，人家似乎就等待着他呢。

那户人家，给了他小鸭的赊款，还要他点一点。他顺手装入袋里，说：让你们记挂着，费心了。

这些日子，小鸭的赊款，他想一次，是一件事，再想一次，又增加一件事，心中就挂了很多事，事多心累。

小贩没料到如此顺利，没有一个人提出要对一对赊账——凭据。竟还有人，将他来的消息传播开去，有人找来交钱。省得他跑脚。收了账，出了货——小孩看中货担里的小玩具，大人付钱。

最后一家，是他在凉亭遇到的那个农夫。农夫说：我这小儿，常问起，小鸭长大了，伯伯怎么还不来呢？

农夫的儿子数着几只鸭子，让小贩看。

小贩说：这个村，是小鸭的家，明年春天，我还来。

那个晚餐，又"添了一双筷子"。饭后告别，他要了几个"蚕宝宝"。他和衣，在凉亭过了一夜。他借着月光，点了钱。已忘了名字的赊账，可是，一担小鸭的赊款，一点不少。

不知谁先叫起，反正有凉亭那个村庄（凉亭离村庄有两里远，坐落在入村的道路旁），就被叫成鸭兜村了。凉亭像兜口。据传，村外河边的凉亭，为清朝光绪年间，由村里人自发建起。

铺　盖

　　我听到铺盖的故事，就想到朋友孙方友的微型小说。

　　2017年，我编孙方友的一组微型小说——《陈州笔记》，已在二校。7月26日12点20分，他因突发心脏病，在郑州去世，获悉噩耗，我第一个念头是：是否恢复正在校对的打头那一篇的"翻三番"？此前的一个月，我删除了其中两翻，电话里陈述了理由，我说那两翻是"空翻"。他心疼，但接受。就如孙悟空翻筋斗，是活力的表现。

　　版面已不允许，我写了一段话，以表悼念。我还纠错，电话里，孙方友说过：没人敢不让我翻。后来，我一直内疚，隐隐觉得小说和生命有连体感应。

　　孙方友擅长情节"翻三番"，我在乎细节——让铺盖"翻三番"。这一点，跟孙方友相通，传递出了民间智慧。

　　铺盖故事，两个主人公。一个俗人，一个和尚。俗人冯水，名隆宙，亦称隆水，字家修，浙江宁海山头人，生于清朝乾隆四十九年（1784年），卒年不详。关于他的传说甚多，民间百姓让他活在故事里——把铺盖玩活了。和尚又白又胖。浙东一带寺庙多，香火旺。他来自哪个寺庙？没人在意。大概是个行脚僧吧。

　　有一次，两人同乘一条船，乘夜航船进城。和尚躺在冯水旁边，一个人占了三个人的铺位，和尚摊手摊脚地睡，还打呼噜。夜航船是通铺，有几个人没法睡。

有人说：都出门在外，不能这样。还有人劝：出家人应慈悲为怀，你这样不顾人家实在不像样。众人都睡不成，议论纷纷。见他依然如故，就有人抬出冯水来制约他——却不知冯水也在船上。

可能和尚听过冯水的故事，终于说：别用冯水来压我，冯水只会捉弄人，人家怕他，我可不怕，冯水要是碰上我，我让他领教我的法术。

冯水偎在灯光照不到的角落，不出声，佯装睡，仿佛一船的纠纷跟他毫不相干。

众人一听和尚会法术，且求平安，抑制火气。后半夜，好似船在浓雾的夜色中迷失了方向，只听水流声伴随着呼噜声。

天一亮，船靠码头。和尚卷起铺盖上了岸。路过县衙前的街，冯水赶上前，一把拽住和尚背的铺盖，大声呼喊：和尚偷铺盖啦！

和尚一时摸不着头脑，愣过神来，就夺铺盖。

冯水拉，和尚拽，铺盖在他俩之间不由自主地过来过去。惹得路人来围观。有人说：莫争莫吵，让县官判。就进了衙门。

知县升早堂，问明了是铺盖之争，要求各自陈述事情的经过。

冯水跪下，说：昨夜小人与和尚同船进城，不料和尚趁我入睡时，偷走了铺盖，等我察觉，就上岸一路追到府前。

和尚合手，说：阿弥陀佛，明明属于贫僧的铺盖，他耍无赖。

两人又进入新一轮争论，都是街上的话重新吵（炒）一遍，争得面红耳赤。

县官一拍惊堂木，说：究竟是谁的铺盖，拿出证据说话。

和尚说：我的铺盖，被面子、被夹里、被棉絮，全都崭崭新，还饱含着阳光。

接着，冯水指着案前的铺盖，说：被角缝有一块小白布条，布条上写着，红缎被白夹里，爹娘做的出门被。

知县命衙役验证，果然有一块小白布条。一字不差。他一敲惊堂木，厉声道：大胆和尚，竟敢在青天白日下撒谎，将他人之物窃为己有，本应严惩不贷，但念你是出家之人，故从轻发落，当庭将物归还原主，并谢罪。

冯水背着铺盖出衙门，和尚垂头丧气地走在前。冯水紧紧追上，说：师父，我已打赢了官司，现在奉还铺盖。

和尚迟疑着，不敢接，似乎铺盖本不属于他。

冯水笑着，将铺盖塞到和尚的怀里。

和尚疾步走去。还有看热闹的居民看着，但不知其中的奥秘，一张张脸上都是诧异。

冯水突然起步，追上和尚，又大呼：和尚抢铺盖啦！

衙役闻声赶来，押着和尚回县衙。衙役报了情况。

知县端详冯水、和尚，一瘦一胖。他敲了惊堂木，喝令：又偷又抢，将胖和尚重打二十大板。

铺盖仍判还冯水。和尚一步一拐地走上街，冯水背着铺盖尾随，到了十字街口，他上前拉住和尚，说：师父，今日让你吃苦头了。

和尚像受了委屈的孩子，边流眼泪边擦鼻涕，说：你我素不相识，为何接连二次害我？

冯水躬身，说：在下两点水，一匹马，就是山头冯水，昨夜你让一船不安宁，我本想领教你的法术，不打不相识呀，事不过三，不必推辞，现在物归原主了。

和尚退后一步，仿佛铺盖会着火。

冯水将铺盖往和尚怀里一塞，举起右手，两手指捏着一块小白布，像小白旗一样晃一晃，就转身离开。

和尚的脸从抱着的铺盖后边升起，恰好看见十几步远的冯水回头一笑，还顺手举起手指里的小白布，摇一摇。周围也传来笑声。

大暖橱

邵兴良是我多年的朋友，供职于农业局，现已退休，可他闲不住，回村种水稻。收割后，邀我去。农家大院里，吃农家菜，喝自酿米酒。兴头里，他讲了父母结婚那一天的故事。

祖父挑着一副担子逃荒，拖儿携女，箩筐的绳子断了，就地安家。辛勤耕耘，繁衍生息，邵家成了子嗣众多的家族。后来，邵姓亲戚陆续前来安家落户，当年不过二十来户人家。祖父是把种粮的好手。

祖父是邵姓家族中最为殷实家庭的当家人，造了很大很高的墙门，外地的人来找他的曾祖父。村民就指墙门。由此，有了大墙门的称呼。

那一年，邵家的大儿子娶媳妇——也就是邵兴良的父亲大喜之日。媒婆牵线，祖父做主。墙门的堂屋重新粉刷一新。择了良辰吉日，设宴迎娶。

村前有一条河，邵家面对河。河边还有一个埠头。接新娘的船靠了岸，新娘先不露面，一箱一箱扎着红绸的嫁妆搬出来。

入大墙门，先嫁妆，后新娘，可谓兵马未动，粮草先行。那场面，确实隆重热闹，邻村的村民也赶来观望。邵家放出风，来的都是客。

嫁妆一箱一箱入门，最后，只剩下一件大暖橱，就是大衣柜，怎么也进不了大墙门。搬抬嫁妆的都是老手，却没遇见过这样的情况，横着竖着，试了多次，望着大墙门，就是抬不进去。大暖橱比大墙门多出几寸，或说，大墙门比大暖橱小了几寸。大暖橱卡在门外。

新娘的花轿停在场外。嫁妆不进，花轿不动。那几个抬嫁妆的老手已束手无策，周围看热闹的人们指手画脚。像是一条船搁了浅。有人说：女方给男方出了难题。有人说：新娘争取在男家的地位。

良辰吉日遭遇如此尴尬，坐在堂屋里的祖父终于出来，看了看，就吩咐用人、雇工去仓库，扛大米。还现场指挥，用一袋袋米垒成了一座拱桥。

抬嫁妆的人七手八脚，把大暖橱从大墙门的顶端的"米桥"上顺利抬了进去。

在场的也有木匠，木匠也没见过这样超尺寸的大暖橱。通常，暖橱比门的尺寸稍小，搬进搬出方便。

邵兴良说：第二年，我就出生了，祖父给我起了名字，兴良，双重意思，一是善良，二是粮食。第三年，土地改革，划了成分，分田分地，祖父划为地主，挨斗，吓住了，我三岁时，祖父病亡。

邵兴良平时寡言，忧心忡忡，像有精神包袱。他填履历表，家庭出身一栏，总是填地主。似乎不情愿暴露自己的成分。他好不容易结了婚——他可没有父亲那么讲究。不过，女方看中他的才，样样活儿，他拿得起，放得下，有耐心，能吃苦，没脾气，还随和。

母亲跟邵兴良住在一起，婆媳关系融洽。

邵兴良说：我上小学时，父亲去世了，母亲勤俭节约，牙齿缝里省出钱，供我学习。

邵兴良过婚假，一天，母子俩喝茶，母亲讲起了自己的嫁妆。那个大暖橱，又笨又大。

那是个秘密，邵兴良的父亲也不知道。母亲对父亲愧疚，却开不了口。

父母的亲事确定下来，娘家有顾虑，嫁出的女，泼出的水，担忧女儿从今往后在邵家的处境，就背地里，委托一个老木匠，是娘家的远方亲戚，悄悄去邵家，量了大墙门的尺寸，然后，让老木匠做了一个尺寸超过大墙门边框的大暖橱。以此探邵家的底：一是家底；二是智慧。毕竟那一带常闹灾荒。

没料到，邵家储存了那么多的粮食，邵家祖父还急中生智，造了一座"米桥"。"土改"时，米桥也成了邵家祖父的罪证，划成分的依据，炫耀了"富"。

青布拦腰

　　一群麻雀叽叽喳喳地在一片稻谷上走来走去，将要贴近她时，她挥动着系着红布条的竹竿，麻雀像炊烟一样升起。村口的晒场摊开的稻谷在阳光下，一大片金黄色，已看不出一粒一粒的稻谷了。

　　她是一个十六岁的姑娘，边守稻谷，边做针线活。麻雀仿佛时不时地来淘气。突然，犹如晴空打了一个闪电，一个男子气喘吁吁地跑进晒场，说：小姑娘，救救我。

　　姑娘吓了一跳，望着男子背后，说：你是谁，慌什么？

　　男子说：我是康王，金兵追我，要杀我。

　　姑娘望向村外的田野、道路，隐隐约约看见有几个豆粒般的人在跳动。

　　康王急得四处张望，却发现无处躲藏，顺手拿起姑娘身旁的空谷箩，翻过来，罩住身，随即缩身，蹲下。

　　姑娘差一点笑出来。她和村里的小伙伴，一起玩捉迷藏，她也这样藏过。好像康王也会捉迷藏，可是，豆粒般的人在膨胀。她看见兵器折射着阳光，一闪一闪。

　　谷箩微微颤动，似乎还不适应。

　　姑娘连忙解下拦腰的青布（村里把这样的围布叫青布拦腰），盖住谷箩，像洞房花烛夜，新娘头罩红盖头一样。她按了按箩底，坐上去，拿出鞋底，一针一线地纳起来，线在鞋底穿进穿出。

三个金兵进了晒场。一个挥刀虚空地一划，说：你看见一个男人逃过来了吗？

姑娘捏着刚穿过鞋底的针，咬咬唇，摇摇头，说：麻雀被你们吓跑了。

村里传来一阵狗吠。金兵闻声，冲进村。晒场又恢复平静。

姑娘放下鞋底，拍拍箩底，说：走了，你好出来了。

康王像一只寄居蟹，谷箩升起，双腿露出，像脱壳一样摘掉谷箩，还顿顿足。

姑娘指指村庄，说：追你的人进村找你去了。

康王说：姑娘，你救了我一命，我做了皇帝，就派人来接你，做我的正宫娘娘。

姑娘一笑，脸红得如朝霞。

康王说：你不信？

姑娘又笑。

康王拿起盖在谷箩上的青布拦腰，说：青布拦腰见证了这次危险，我就用它作为凭据，姑娘切记，接你的人一到，你只需把青布拦腰挂在门上就妥了。

村庄里骚乱了一天，又恢复了安定，该干啥照样干啥。晒的稻谷已装进谷箩，搬回家了。鸡鸣、犬吠、人笑。夕阳下，炊烟在村庄的上空，聚了散，散了聚。炊烟笼罩的村庄多了几分神秘。

外边跑生意的人归来，带来消息，说金兵也被打退了，说文武百官护送康王抵达临安，说康王登基，做了大宋高宗皇帝。

姑娘悄悄把晒场救康王的事情告诉了女伴。女伴传女伴，一传二，二传三，一个村庄的姑娘全都知道了青布拦腰的故事，都佩服姑娘处乱不惊，笑她等着做正宫娘娘吧。每个姑娘都有一条青布拦腰，平平常常的物什，似乎附上了离奇的色彩，故事隐在花纹里边，增加了乐趣。姑娘们已把这当成了一个笑话，就如同老人讲的传说，听起来有趣，不可当真。

一天，也是个晴朗的好天气，不知谁先看见，一乘龙凤花轿远远过来，停在晒谷场上，来者捧着凤冠霞帔，口口声声说：接娘娘进宫。还带了一支乐队，敲锣打鼓。村民相信，传说落进了现实。姑娘各回各的家。

钦差大臣进了村。一眼看见一家院门上伸出一根竹竿，竹竿上系着一条青布拦腰。他朝门内喊：请姑娘上轿进宫。

一群小孩，像一群麻雀，又笑又喊。有一个小男孩说：那个门也有青布拦腰。

村庄，就一条主街，石板路，石板在一片脚下咯噔咯噔响。

钦差疑惑了，不止一个门，而是一街的门，同样的竹竿，同样的青布，像是连锁反应一样，整条街都飘扬着青布拦腰，如同一面面旗帜。要接一个，却出现那么多，如何是好？

大人、小孩挤满了一条街，像过节那样。

钦差大臣询问，却得到这样的回答：青布拦腰，明摆着嘛。他犯愁了。本来，很简单的差事，他带着皇帝交给他的青布拦腰，一对一认定就是了。周围的笑，仿佛是一个谜，让他猜。他还是头一回碰上了这么繁杂的事情，他望着一街飘动的青布拦腰，期待有一个姑娘出来自报……他自言自语起来：我们我们我们，我藏在哪里去了？那个"我"消隐在"我们"里了。可是，花轿只能接"一个"。

一块青布拦腰，背后的门里，就有一个姑娘。热闹过后，那个闺房里的姑娘说了从未提起的一个细节：阳光，麻雀，稻谷，空箩，只是，阳光下摊晒的稻谷，已是一大片混沌的金黄。

据传，钦差大臣无功而返，回去禀告皇上，一街青布拦腰。皇上沉默片刻，叹息道：也罢，就让浙东女子都当一天皇后吧。随即传旨：浙东女子出嫁之日，可像皇后一样穿戴凤冠霞帔，乘坐龙凤花轿，一路吹唱开道，路经之地，文官避轿，武官下马。

十里红妆，好不风光。

陈老石

这个村坊，没有村名，村里许多人，也不大叫得出自己的名字。村傍镇。据说，最初有个石匠来到此地，此地还是一片荒地。停下不走，年复一年，陆陆续续来了各地逃荒的石匠，渐渐形成了一个自然村坊。有不会石匠手艺的人，来了就拜师。出了徒，也留下。

镇里，县城的大户人家，有石匠活，就差人来吆喝一声。

这个聚集着石匠的村坊，姓杂，赵钱孙李、周吴郑王……几十户人家，几十个姓，却相互照应，抱团取暖，而且，在外有个名气，说这个村的石匠，石头硬人心软，活儿干得讲究、精致，每一个在外干活的石匠，都维护这个行当的名声。

通常，年老体衰了，就不接活儿了。有一个老石匠，姓陈，年过七十，孤单一人。村里，大人小孩都喊他陈老石，他像一块风吹雨打的石头，不大走动了，一个人住一石屋，石碗、石凳、石桌，生活用具，多为石材。

倒是小孩喜欢来陈老石的家，因为，有小孩喜欢的物件。他雕些小虫小鸟，那老嘴配音，发出小生灵的叫声。他的手艺蛮好，一些石匠在外接了活儿，有些要请他做，比如龙、凤、雀、蝶。他会按期交出，凿龙像龙，雕凤似凤，凿出的鹰似带一股风。他早先的徒弟常来请教他、接济他。

有一年，三个手艺好的石匠来拜访老石，打算给村坊命个名，当然以姓命名。老石不响，说命名的事儿跟自己无关。三个石匠三个姓。老石听出各自都想以自己的姓命村名。

三个石匠想让老陈出个题，当场凿出，老石评判。老石说：我说了也不能算，得让全村的石匠心服口服。

三人议来论去，最后确定：学城里的人，举行一次手艺擂台，谁夺魁，就以谁的姓命村名。

那三天，所有的石匠不接外边活儿，都得在家里，凿赛品。有的凿了老虎，下山猛虎，张牙舞爪；有的凿出凤凰，祥云萦绕；有的凿个算盘，13档，每档7颗石珠，一拨，又滑又响；有的凿石童，踢石球。全村的大人小孩都来观赏，如过节日。

一帮小男孩前赴后拥着陈老石——小孩怂恿着他参加打擂台。只见他一手拄拐杖，另一只手拎着石鸟笼。

鸟笼的细栏，粗细均匀，精致光滑，笼中还栖着一只鸟，是一只石黄莺。仿佛有反应，眼珠在，嘴微张，似有声，那是婉转的低鸣，是鸟在叫，还是老石在叫？分明是黄莺的鸣啭。

有人说：这像城里玩家遛鸟。

一个小男孩打开石鸟笼，按了一个机关，石黄莺竟然展翅出笼，做出一个欲飞的姿势。

评赛品，一致公认，陈老石胜出。按规则，村坊以陈命名了。

陈老石将一捋自己的胡须，摇头笑了，说：我不过凑个趣，几个小孩出的题，让我做，小孩喜欢，就对路了。

众人都说：按规矩来，就叫陈家村。

陈老石说：不妥不妥，我这个孤老头，是讨饭讨到这里，吃百家饭，穿百家衣，又靠师父手把手传手艺，我只记得自己姓陈，可叫什么名字也说不出。

众人说：陈老石，你说村名叫啥就叫啥。

陈老石说：都是以凿石为生，就叫石匠村吧。

绣　箱

　　前舱坐着姓洪的举人，他正在秉烛夜读。一阵清凉的河风拂来，烛火时而活跃起来。他打开一本书，竖起，像一道屏风。不一会儿，风携带着一截丝线，落在了他平摊着的书上。他随手拈掉。刚翻过一页，又一截丝线淘气地落在书上。

　　三条支流在此汇合，汇入大运河，像拧成了一股绳。码头夜泊着许多船，船像摇篮，微微摇晃，水轻轻地拍打着船。大多数船已空了。白天，饱览了沿河的风景，同船的五个进京赶考的举人乘兴登岸，享受古镇的夜生活，只剩洪举人还在用功。旁边泊着两条官船，傍晚热闹了一阵，看样子来头不小，很多穿官服的人恭恭敬敬来拜访、邀请。那是进京赴任的范御史。一条官船乘着范御史和夫人，另一条官船载着他们的女儿。官船在上风。

　　洪举人第二次拈起字上的丝线，顺手丢入河里，终于分心。似乎好奇丝线的来处，抬头望船窗，几乎是窗对窗，旁边的那条官船，船内有个姑娘在绣花。突然，他闻到了风中的香气，还以为是说不出的花朵芬芳呢。之前，他的嗅觉关闭了。

　　范御史的女儿留在船上了。洪举人知道，沿大运河有个习俗，姑娘出嫁前，要做一个必需的功课：绣花。可能是范小姐临时抱佛脚，好像那花跟她闹别扭。她时不时地咬断线头，一吐，丝头就乘风飘飞。她那表情，好似赌气，很可爱。

洪举人任凭风翻书页，他拈起一截丝线，用舌尖托着，边闻着风中的香气，仿佛河面上漂来了一大片花朵——灯光、浪花都成了繁花。他心中也欢喜得开了花。他跳上那条官船，整了整长衫，咬了咬嘴唇，轻轻叩了舱门。

范小姐吓了一跳，问：你怎么上了我的船？

洪举人捏着一截丝线，说：有缘一线牵，小生承蒙小姐错爱，特响应前来。

范小姐说：我与你素不相识，此丝线并非你认为的丝线。

洪举人自报家门，还说这么大一条运河，这么小一截丝线，偏偏这个点上巧遇，他已赋予丝线象征意味了。

范小姐解释丝线的本意，甚至，做了个示范，她咬断了丝线：丝线上没有你说的那个东西。

洪举人的心里吹进了一阵阵凉风，仿佛自己是咬断的一截丝线。他道歉。回头，出舱，发现一片空，好像一场梦，醒来，回不去了。岸与船隔着一片水，那条送举人赶考的船已离去了。他想起船夫的话：到了开船的时辰，不等候。

岸上数个灯笼，范御史和夫人归来了。洪举人浑身颤抖，说：我不识水性。

范小姐见他一副书呆子的样子，打开绣箱，说：暂且委屈一夜，明日靠了南京的码头，你再见机上岸去赶考吧。

洪举人藏入绣箱。范小姐锁上一把铜锁，她担心下人无意中打开箱盖。

第二天，大官小吏已迎候在南京的码头。洪举人感觉绣箱上下、前后在移动，仿佛船在水中漂浮。后来，箱子不动了，外边寂静了。他分不清是白天还是夜晚，只感到腹中空空，发出咕咕的响声。又饥又渴。

终于，又听见响声，开锁，掀盖。他仰视着启开的箱子上边的一张脸——范小姐手持蜡烛。

洪举人爬出箱子，手脚已僵硬，他向范小姐施了个礼，说：我告辞了。

范小姐笑了，她面前站着失魂落魄的举人，眉清目秀。她说：进来容易，出去可难，这里戒备森严。

不响，对坐。洪举人看出这是闺房，他生怕腹中会发出响声打破寂静。饿过头了，坐到天亮。不得不重返绣箱。

范小姐叫人把饭送入闺房，声称初来京城，水土不服，身体不适。回掉女仆。他和她共享饭菜。

范御史上岸，忙于公务，倒是同僚有心，让自己的女儿来接范小姐出去散心。推辞不得，范小姐领了好意。

御史的夫人要查看女儿的绣花，她带了个新的剪花式样。打开绣箱，惊了一跳。

范举人跪到老夫人面前，陈述前因后果，请求老夫人高抬贵手，说：你一句话，就可断了我的前程，就如同小姐咬断丝线。

老夫人打量了他，沉默片刻，示意回箱，还锁了那把铜锁。

不知过了多久，似乎睡了一觉，箱盖开了，上边两张脸。老夫人手举蜡烛。范小姐不情愿地开了箱，那只手，好像随时要关住箱盖。范举人在箱内拥着双手，一副束手就缚的姿态。

范小姐下跪，哭泣着，说：娘，给女儿想个法子吧。

老夫人说：你爹是一家之主，此事到了这个地步，不能隐瞒了。

范御史回府，老夫人引他上阁楼，当着女儿的面，说：老爷连日断案，为妻也遇上一桩案子，想听听老爷如何断为好？

老夫人像讲别人的案情那样，省略了姓名，只说一个举人和小姐的事情。

范御史：你在说戏文吧？

老夫人说：这可是现实正在进行的戏文，结尾得看老爷如何断案了。

范御史朗朗一笑，说"好断，好断"，就提起笔，写诗一首，递给老夫人。

老夫人说：我眼睛不好，女儿来念。

"夜船误把红线牵，绣箱促成闺楼缘。家丑不可往外扬，开箱认婿合家欢。"念罢诗，范小姐一脸绯红，绕过绣箱，躲入屏风后。

嗑瓜子

一条河，河东是平原，河西有山岭。岭岙中有一座庵堂，庵堂里有一个师太，一个小尼姑。来庵堂的香客，得摆渡。庵堂的香火一直很旺。

据说，师太已积了一笔钱，打算建一座小桥，方便香客过河。不知为何，迟迟不见动工。

一天，来了三个后生，不来烧香。各自述说了家境、愿望。都是对岸穷苦人家的孩子，已长大，想出去跑码头、做生意，但没有本钱，知道师太慈悲为怀，常有善举。其中一个后生，似乎睡眠不好，硬睁着眼皮，说来向师太借钱，做好了生意，一定本息归还。

师太听出，三个后生打算各自做生意，她闭口不谈钱，不说借，也不说不借。

三个后生预先可能已通了气，一副不借到钱就不走的样子。

师太如往常接待香客那样耐心。沏茶，续茶。只听不言。庵堂里寂静下来。水声、鸟鸣，时而响，很快回归寂静，那种静在加深。师太示意小尼姑退去。

阳光转为夜色。天色渐晚，茶也凉了，三个后生坐着不动。

一阵香飘进来，随后小尼姑端来一簸箕瓜子。瓜子温热。

一人桌前倒了一堆。仿佛平原隆起三座岭。

师太和小尼姑退离庵堂，师太终于说话：三位慢慢嗑瓜子，壳就吐在地上好了。

三个后生面面相觑。一个急性子后生似乎终于可以看一看庵堂，他的目光巡视了一遍，说：看来，钱不在堂中。

那个迷迷瞪瞪的后生，似乎来了精神，说：到底磨不过，去取钱了。

唯有那个一声不响的后生，仿佛置身事外，率先嗑出了脆脆的声音。

夜色加浓。三人忽然察觉，桌上的一盏油灯，什么时候端来点亮了呢？大概是端来瓜子的时候吧？那火苗在微微晃动，像跳舞，抵挡着漆黑的夜色。

只听嗑瓜子的声音，三人似乎都不愿打破难得的寂静。两个后生相互看一看，又把目光聚焦在第三个后生的脸上——进庵堂到现在，他一言不发，好像并不是来借钱，倒是来享受嗑瓜子的乐趣。瓜子从一边入嘴，壳从另一边脱出，纷纷落下，落到鞋上，脚踝仿佛以壳取暖。

山风习习，送来夜寒。急性子的后生坐不住了，他起身，东摸摸，西敲敲，好像要寻出庵堂里的秘密。另一个，含着一粒瓜子，睡着了，还发出粗重的鼾声，或高或低，像荷重爬山岭。

那个一声不响的后生，倒似渐入佳境，壳已覆盖了他双脚——两只鞋。他面前的瓜子，如同一座小山被移掉了，天也亮了。

阳光照入堂门，师太出现了。小尼姑跟随其后。师太看桌子。灯已自然熄灭。桌上还有两堆瓜子，地上瓜子壳散乱得乱七八糟，唯有一个后生的面前已平，他合目端坐，壳埋住了鞋，可看出，一夜双脚未动。

师太说：阿弥陀佛，三位回家歇息，我会把话捎过河。

那个后生有点过意不去，迟疑不走，他要清扫瓜子壳。

师太说：不必了，这事简单，我们做，也是做功课。

正午，小尼姑摆渡过河，按地址，来到了一间茅草房。叩门。

那个一声不响的后生迎出门。小尼姑说：你随我过河见师太。

第二年，那个一声不响的后生突然出现在庵堂，说：请师太清点，连本带息。

师太笑了，说：善哉善哉，不用还了。

又一年，后生又来，还是选择了当初来的时节。师太仍拒收。

过了一年，小河热闹起来，有石匠来山上采石，有船将石块运到对岸。两岸的石头堆起来。凿石之声响个不停。

一座石桥连接了两岸。那一天，有雨。雨过天晴，出现彩虹。天上，河上，两道彩虹，亦真亦幻。

那个姓金的后生来请师太。师太说：我想做的事，你替我做了，我在这待着好，让大家热闹吧。

后生要师太给桥起名。师太说：彩虹。

小尼姑端出一簸箕瓜子。后生问：我没看见庵堂附近种有葵花呀。

师太笑了，说：世人怎么能看得见？

后生似乎以嗑瓜子代替说话。末了，他说：小时候，我一哭，母亲就炒瓜子，我一嗑瓜子，就不哭了。

第二年，河西的岸滩种了一片葵花，像一片可爱的脸盘，随着太阳的移动，葵花盘子也在自然转动。

后生收了葵花籽，就送到庵堂。香客来了，师太和小尼姑总会端上一碟瓜子、一杯野茶。都说那瓜子，又脆又香。

西瓜图

王阿根挑柴进城，卖掉了柴火，要返回东山王家村时，突然，他起兴，买了一张宣纸，小心翼翼地卷好，他想请吴昌硕画一幅中堂。

吴昌硕当时的名气还不响，在家乡开设学馆当私塾先生，教十多个蒙童，学四书五经，大米为学费。他夜里掌灯，写字绘画。那一带地方，几乎家家户户都贴有吴昌硕的字或画。

王阿根有五个儿子。尤其是老四、老五，跟学馆的蒙童年纪差不多，羡慕读书习字，王阿根供不起。他得养一家老小。似乎背着无形的重荷，背微驼，且身子瘦。天一热，动不动就发痧。他的脖子、脊背，一旦发痧，刮得一道一道紫红，旧痕未褪，又添新印。

吴昌硕一口应承，边磨墨边询问：要画什么呢？

王阿根说：随便，画啥都行。

吴昌硕说：画个五子登科好不好？

王阿根说：哎哟，供不起，供不起，太高了，太高了，哪还有钱供五个儿子念书？能肚子不挨饿就不容易了。

吴昌硕挠挠头皮，沉吟片刻。因为求画者，向来预先已有主意，确定好了要画什么。他看见门口斜倚着的扁担和麻绳，王阿根的脸上还留着汗渍，就说：给你画个西瓜，解渴降暑。

仿佛正中下怀,王阿根舔舔嘴唇,说:好好,土地里长出的东西,好好。

吴昌硕笑着点头,一手按住宣纸,一手端起墨砚,往宣纸上一泼。

王阿根一个惊喜,几乎要叫出来。他最小的儿子,在外边玩耍回来,一头草屑和尘土,他舀一葫芦瓢水,兜头泼去,水花飞溅。同样是泼,眼前,点点墨汁似乎落在了该落的地方。

吴昌硕竟用手指头,在湿湿的墨迹上,东涂西抹,戳戳点点。转眼间,一下切出半个西瓜,黑籽红瓤。又挥毫题款,加盖印章。

王阿根识些个字,他轻轻地念出:西瓜图。

等着《西瓜图》晾干的片刻,吴昌硕已沏了绿茶,说:很抱歉,我这拿不出新鲜的西瓜,就以画代瓜了。

王阿根平时沉默寡言,是个闷葫芦,仿佛打开了话匣子,说:今天进城卖菜,我也弄不懂自己,突然去买了这张宣纸,也没想好要先生画些什么,你画出来,我才清楚我要什么画,这两年,也不知为啥,入了夏,动不动就发痧,还怕热,先生怎么知道我要什么?连我自己还没想好呢。

《西瓜图》挂在堂屋迎门的墙壁上。这一年的夏天特别炎热,太阳火烧火燎。本地称这样的太阳叫猛火太阳。可是,王阿根仍然要砍柴卖柴。奇怪的是,王阿根竟不发痧(他已有心理准备,已习惯了刮痧)。他归来,就站在《西瓜图》前。妻子不打扰他,却暗暗发笑,丈夫像在寺庙的佛像面前默默许愿那样,不过,面前的墙上,是半个西瓜。

王阿根望着半个西瓜，大汗消退，气息舒缓，好像真的吃了井水（冬暖夏凉）浸过了的西瓜那样，而且，还跟过去不一样：不用蒲扇，不洗井水。浑身还有凉意。他说：看着画，自然凉，是不是吴先生说的那样，心静自然凉？甚至，他还能闻到西瓜的清新气味。

妻子闻不出，说：这画里的西瓜是不是神瓜？有了画，不发痧。

王阿根似乎也回忆起这个夏天没有发痧过，说：我连发痧的事也忘了。

"神瓜"的消息传出，街坊有几个后生似乎来印证，结果是：似乎有凉意，好像又没有。

王阿根说：吴先生特意送我的《西瓜图》，别人看了没感觉。

那个夏天特别热，向吴昌硕求画的居民特别多，要《西瓜图》。不过，吴昌硕忌"重复"，画了各种各样的西瓜。他有求必应。于是，城里传言：东山王家是个凉爽之地。还有城里的居民，上门来取柴，就是要亲眼欣赏《西瓜图》。顾客上门，省了脚力，王阿根给顾客备了新鲜的西瓜——解暑。顾客说：吃不如看。有的顾客还额外加了看画钱。王阿根每日清晨，带领三个儿子上山砍柴。

有一个城市的画家，专程上门赏画。他发现，《西瓜图》里的西瓜，会随着季节变颜色，甚至，天冷时，瓜籽发白，天一热，又转黑，瓜瓤也随之由淡红转为鲜红。后来，那个画家拜吴昌硕为师了。

王阿根最年幼的儿子，一向爱动，竟静下来，用草纸画西瓜。有一次，问：爹，我怎么画不出凉爽呢？

王阿根摇头，说：神仙难知瓜中事，空了，我带你去吴先生那里求教。

那个夏天奇热，入秋，王阿根仿佛侥幸逃脱了发痧。他陪着儿子，拜访吴昌硕，脱口说：吴先生，我弄不懂，今年夏天，我还没发过痧呢？发了难过，不发又想。

吴昌硕爱开玩笑，说：还有这样的事情？那就发一次痧体验体验嘛，只是，发痧的事由不得人。

封 条

明朝隆庆年间，举行科举考试，李乐发现考场的积弊，即刻向皇帝呈递了一份奏章。

李乐在朝廷担任给事中，职责是抄发章疏，稽查违误，陈述政务。常进谏，而且，很执着。他学养深厚，特立独行，有多位学子慕名投靠到他的名下，追随他。

李乐是乌镇北栅人。北栅有句俗语：乌镇北栅头，有天眈日头。方言"眈"即没有，日头即太阳。乌镇北栅头有天无日，有多种说法。有的指盗匪猖狂，暗无天日。有的说，唐朝丞相裴休曾在北栅利济寺附近造了阔气的府邸，廊房飞檐翘角，像被风吹起的黑色的巨大的斗篷，遮蔽了街巷，投下怪异的阴影。《乌镇志》记载有"俗所谓有天无日者此也"。

李乐平时散步——是一种思考的方式，总是避开树或墙的阴影，一副心事重重的样子，还会突然驻足、睁眼、仰望天空。有学子模仿他的姿势，却受不了刺眼的阳光。

李乐焦急，即日将发榜。一旦张榜，若要更改，就有失皇上的颜面。可是皇帝尚未对奏章做出批示。

连续三日，天阴，云多。李乐频繁出门散步，时不时仰望天空，他坐立不安；在家中，也坐不住，来回踱步，如热锅上的蚂蚁。夜间，失眠。

同僚看出李乐的焦虑，说：皇上不回答，就是回答。

李乐在皇官前徘徊。一天，他终于见驾。皇帝要出行，张榜之前，看望考生。李乐站在御轿前，请求一见。

皇帝一听奏章之事，就大怒。当场下令：给李乐的嘴贴上封条。并说：谁也不能去揭开。

当然，李乐不会擅自揭掉，得等待皇帝发话方可揭去封条。下起了雨，淅淅沥沥，湿得不舒服。

不能揭，意为不准说，只是，贴了封条，不可进食。到处都有皇帝的眼线。揭了封条，罢官倒是小事，还会带来刑罚，牵连到家人。

封条上有红色的封印，李乐不便出门。数位弟子来探望他，李乐指指封条，不方便说话。第三天，他卧床，面色苍白，那是饥渴的症状。

一个善于提问的弟子扶他下榻，搀着走，实在不忍，一向敬佩李乐的胆量，为何小小的封条却使师父说不能说，食不能食？雨已停，搀扶师父走上街，让他见一见阳光。

云开日出，阳光刺眼，李乐睁不开眼。弟子说：过一会就适应了。

阳光似乎要晒化李乐，他微微颤抖，几乎虚脱。

那个善于提问的弟子莫名其妙地说了几句不雅的话。渐渐有人好奇，围观嘴贴封条而敢于直言的李乐。人越围越多，议论纷纷。关注这对师徒到底发生了什么矛盾。

李乐只是摇头，却不出声，似乎理亏。封条在嘴上，一鼓一鼓。

突然，那个弟子当众扇了李乐三记耳光，打破了封条——

封条已饱含了呼吸的湿气。

立刻，就有两人拨开人群进入，反缚着李乐，绑住那名弟子。方知，那是皇上的暗探，一直跟踪着李乐。

人和封条押到皇帝面前，听候处罚。皇帝只是看了看封条，不语。

那一天，恰好张榜，宫内、街上时有鞭炮、欢笑，声声不息，一派喜洋洋、乐融融的气氛。

皇帝笑了，说：多嘴多舌，不宜再留。接着宣布：免除刑罚，发配充军。

李乐跪下，说：谢皇上隆恩。

皇上说：起来吧，随身带上这个封条，常反省。

李乐不起，说：皇上，我有一个小小的请求。

皇帝说：念你多年来忠于职守，可说来听听。

李乐说：恳求皇上，万万不能将我充到乌镇北栅区。

皇帝沉吟片刻，说：那不就是你老家吗？凭你这份勇气，难道无颜见家乡父老了？

李乐说：回皇上，我那故乡有个民谣，乌镇北栅头，有天呒日头。

皇帝听了一番解释，就笑了，下旨：落叶归根，朕偏偏发配你回乌镇北栅头。

吹笛的牧童

秀才，毛驴，三岔口。

蹚过一条河，小河水浅，不及驴腹；转过一座山，山不高，路盘绕。已经走出了家乡的地界。

孤儿寡母，父亲去世，留下家产。秀才寒窗苦读十载，两耳不闻门外事。母亲操持家务，家底渐渐变薄。母亲听说京城毛驴多，就托外出跑生意的亲戚弄来了一头小毛驴，养大养壮了。

这一带罕见有毛驴。秀才腿不勤。母亲想让儿子以驴代步，进京赶考。秀才没出过远门。

秀才勒住缰绳，面对三岔路口，不知该上哪一条路。他期待有人路过。忽然，他听见了笛声。循着声音，他望见青青的山坡上，有几头牛和一个少年。少年骑在一头牛背上，吹着笛向他走来。笛声悠扬，牛步缓慢。

牛踏入了路，笛声中止。

秀才连忙上前，拱手，问路。

牧童又吹响了笛子。

秀才急得跺脚，说：我没工夫听曲子，我有急事，要赶路。

牧童嘴唇前含着笛子。声音如清澈的溪流。

毛驴似乎知道秀才的心情，竟"昂叽昂叽"敞开叫，粗鲁地压住了牧童的笛声。

牧童溜下牛背，仰脸，比画，点点笛，舔舔嘴，指指路。似乎要说什么，又说不出。

秀才知道，遇见了一个小哑巴。顺着牧童的手势，秀才的目光扫过笛、嘴、路。

山坡上，几头牛在悠闲地啃草。很可能牧童用笛子安抚牛，也可能用笛子回应秀才。牧童眨一眨眼睛。

秀才摇头，竖起三根指头，说：走哪条路？

牧童扯了扯耳朵，摇了摇脑袋。

秀才终于知道，牧童还是个聋子。可是，又聋又哑的牧童，竟能吹出那么悦耳的曲子。他又费劲地比画了要去的地方——县城。还用语言辅助手势，嘴形夸张，像是呼唤。他第一次意识到语言的乏力。

牧童做出了调皮的表情，走出路面，还回头向秀才招了招手。

秀才只得疑惑地跟随牧童走。不出百步，他看见一块石头，像一头硕壮的水牛卧着。

周围没有山，只有一片长满青草的缓坡。那块大石头怎么凭空会落在这里？仿佛意识里的牛变成了石。

牧童绕到石头背后，好像终于有了一个玩伴和他捉迷藏了。

秀才看了那块大石，转头，又望一望三岔路，路上寂寂，不见人影。

牧童的头，慢慢露出来，仿佛是一轮圆月升起，还咧嘴笑——好像说：你找不到我，我就自己出来。秀才儿时曾玩过捉迷藏，对找他的小伙伴这样说。接着，牧童又做了个调皮的表情。

秀才回头望三岔路，毛驴在路口旁啃草。他再转过脸，石头还是不动的石头，动的牧童不见了。

笛声响起。牧童嘴前横着笛子，坐在牛背上，牛向几头牛走去。

秀才琢磨曲子的意思，他一向对曲子没兴趣，嫌它太吵，分心。他的目光重新落在大石头上。石、石、石。像启蒙时学识字那么念出。

突然，秀才拍了一下后脑勺，像被拍疼了一样，"哎哟"一声叫。浮现出那块石头后边露出的一个脑袋，"石"字出口，好像猜出了谜底，脱口自语：右。

毛驴似乎等得不耐烦了，朝秀才高昂地叫出来。秀才边走边说：我来了，你着什么急，不弄清往哪儿走，走冤枉路呢。

秀才望着远处，一头牛已融入了几头牛里。不知什么时候，笛声像断了线一样停了。他骑上毛驴，拽一拽缰绳，明确地命令道：右，右，右，右边那条路。

断　绳

东岳家和西岳家，是兄弟俩，隔着一条小河。

清朝雍正年间，嘉善发生涝灾，颗粒无收，姓岳的人家携妻担物——一副担子，一头挑着一儿，向西逃荒。一路问一路走。途中，遇见一个鹤发童颜的老道士，问路。老道士没指可向哪里去，只说：担绳断时，就可落脚安家。

过了桐乡，来到海桐地带。当家人期望有个炊烟萦绕的村庄，可是，突然担绳断了。举目四顾，置身一片荒芜的杂草地，零零散散有几棵树，还有淹没在草丛中的残墙断壁。可看出那是弃耕多年的荒地。

断绳为征兆，当家人认了命。然后，取出包裹和担子里的家什，砍乱枝，割杂草，盖起了茅棚。第一缕炊烟孤独地升起。

当家人体壮，割草卖柴，耕田种地。年迈的父母相继去世——可能是长途跋涉，积劳成疾。夫妻俩将茅棚翻建成木屋。后来，生了两个儿子，大绳、小绳。

乾隆中期，那里已成了一个人丁兴旺的村庄。老家的人闻声纷纷迁来。都姓岳，村庄就叫岳家场。

乾隆末期，当家人已年近六旬，日夜咳嗽不止，卧床不起。临终前，将两个儿子唤到床前，拿出两节旧麻绳，有断须。让两个儿子先后重复系了个结。最后，当家人费力地解开绳结，指指天，指指地，将两截绳分别交给两个儿子，说出了"结"字，就气绝了。

那以后，家里堂屋挂着父亲的画像，画像前的案台有个木匣，里边放着断绳，像家徽。第二年，母亲也无疾而逝。大绳小绳就分了家。大绳居河东，叫东岳家；小绳在河西，称西岳家。岳家场已形成镇的模样了。

两家都是大户，有田有地有房。只不过，大绳家有儿有女，小绳家未得子息。

小绳头脑灵活，置地千亩，还开办了货店、当铺，已是远近闻名的岳百万了。大绳还是与结发妻子，男耕女织，农忙时，雇了工。小绳娶了三房妾，却不见有动静。

兄弟俩很少往来。大绳已有三个儿子两个女儿，众侄常来小绳家。小绳喜欢，却见了孩恨哥，莫名其妙地忌恨哥家的人丁兴旺。曾有姓岳的热心者，给兄弟俩牵线搭桥，认侄为子，继嗣。

小绳认为那是买了炮仗给人家放。肥水不流外人田嘛。他也莫名其妙生气，说妻妾是不长庄稼的田地。有一天，他遇见长工薛良挑水，两缸水满了，薛良喘息均匀，面带微笑。

小绳见不得那种微笑。其实，天天频繁相见，只是小绳没注意。他似乎第一次发现，家中的这个长工身材魁梧，相貌英俊，每一块肌肉都饱含着力气。他忍不住回了一个笑。然后，脑子里一亮。

那天夜晚，小绳进了他最为宠爱的小妾卧室，先是委婉地问起其对薛良的印象。小妾说：薛良的娘倒是周到，里里外外收拾得有条有理。

老用人薛大妈是小绳的娘看中的奶娘。小绳喝过她的乳汁。同龄的薛良喝米粥，为了保证小绳的营养。薛大妈仿佛成了岳家的亲戚——不当外人。小绳和薛良像兄弟一般，不过，薛良样样让着小绳。长大了，似乎有隔膜，就叫起少爷。

小绳指着帐帘上的绳结——家中饰有多个绳结。小妾想到小绳的家史，家业能有现今这么殷实，是托祖上的福分。

小绳索性点穿，授意小妾接近薛良，不派薛良种田，悄悄种你这块田。那样，殷实的家财，就可望后继有人了。还许愿：家产会分给薛良，也堵其嘴。

干柴烈火，一连三年，小妾生了三个儿子。小绳的脸上多了笑。三个儿子像肉馄饨，又白又胖，煞是壮实、可爱。人称仨少爷。每人腰间都系着一个红绳结。

三个儿子渐渐长大，越长越像薛良。街上的茶坊、餐馆，见了"仨少爷"，就有了话题，已无人不晓。

一个寒风凛冽的冬日——那一年奇特地冷。薛良已是管家。小绳让他陪同去收租。说是省工，自划船。

薛良划船。船至河岔口，岸上河里无人，小绳挥起一把桨，从背后将薛良击入水中。说：你种我的良田，你以为那稻谷是你的吗？

薛大妈料定儿子迟早有这么一天。小绳归来，还装模作样地给薛良做了道场——在船上向河流作了悼念仪式，似乎"河神"收走了薛良。

小绳没有食言，也确实分给了薛良一部分可观的财产（一块田地，一爿店铺）。薛大妈变卖了儿子名下的财产，离开了岳家。

不久，小河两岸出现了一帮石匠，说是要造一座桥。人们很快得知，那是薛大妈出资造桥。原先是一座简陋的桥，刮风下雨，河水漫过桥面，曾有多人失足落水。众人多用船摆渡。

东岳家首先发起捐款，众居民响应，有钱的出钱，有力的出力。开春，一座石拱桥落成。桥顶的护柱间有一块石碑，凿有浮雕，是两截绳打成的一个结。大家都熟悉那个绳结，大绳、小绳家都有这样的断绳打成的结。

通桥仪式那天，小河两岸像两截绳，由桥结在一起。大绳、小绳分别在桥的东西等候，众人期待的薛大妈终于没出现，满街找，也找不到。

有人察觉，这座桥还没有个名称。不知谁先给桥当场命名——薛大妈不在，就叫薛婆桥吧。

由桥名，易地名，约定俗成，都称小河两岸那片地方叫薛婆桥，无非是桥后缀了个"镇"字。此地主姓岳，却没有一户姓薛。薛大妈再没出现过，已不知去向。

过　手

　　吴老泉出了夜诊，起得迟。天蒙蒙亮，一阵急骤的叩门声惊醒了他。他以为有疾病的人家来就诊。

　　门口站着一个乞丐模样的人，拄着拐杖，拐杖上挂着一个葫芦。

　　吴老泉唤妻子上街买些早点。

　　那个人摇头，抚抚肚子，说：我饱了。

　　老泉药店临街。来者面生，吴老泉看出他赶了夜路，问：你替家人来抓药的吧？

　　那个人摇头，说：我来跟你切磋医术。

　　那副像乞丐一样的装束，必定是落魄之人。隔三岔五，常有后生来拜访，要拜他为师，但吴老泉都会婉言拒绝。来的都是客，要好生接待。吴老泉请那个人进来，让座，沏茶。

　　那个人立着，仿佛借助拐杖支撑着疲惫的身体，说：不必客气，久闻你的医术，疑难杂症都不在话下。

　　吴老泉听过许多恭维话，他预料那个人是用话套他。绕来绕去，最后会抛出来意，他说：治病救人，理所当然。

　　那个人说：你医治的都是活人，若是碰上死人，你能让他起死回生吗？

　　旭日升起，一个大好的天气。吴老泉不悦。一大早就来说"死"，晦气。

这当儿，哭声传来，不止一个人在哭，接着，一口棺材经过店前石板路，白的、黑的，哭哭啼啼。棺材还滴出血，像一路撒下红色的花瓣。

那个人转身，叫抬棺的人停下来。还上前询问了一番。然后，指指"老泉药店"的牌额。

吴老泉发愣了，那个人分明是拦截死人为难他嘛。

那个人说：难产，婴儿活了，产妇死了，你看看，棺材里的死人还可医否？

众人都看着吴老泉。吴老泉脱口承诺道：可以医治。

那个人来劲儿了，仿佛要众人见证——附近的居民闻声前来。那个人背朝着吴老泉，说：各位听见了。随即，回首，降低了嗓音，说：你和我，各医一半。谁若医不好，不再当郎中。

起死回生，吴老泉从未遇见过。只是，他已夸下了海口，毕竟心中没有底，看样子，那个人有心让他当着众人面现丑——折损他的名气。医人怎么可医半边，除非神仙能办得到，走一步看下步吧。

揭开棺盖。店前的街被堵得水泄不通了。伙计抬了就诊时的床板，产妇被放上去，气息、脉搏已停止。

吴老泉做出一个"不必客气"的姿态，说：你先来你先来。

那个人从葫芦里倒出三粒药丸，放入死者口中，灌了半杯水。

一片寂静。那么多人，简直能听见喘息声。

片刻工夫，死者左眼，像拉起窗帘一般，张开了，而且，左手、左脚微微动——那是生命的迹象。

一个男子，是死去孕妇的丈夫，上前跪在那个人面前，喊着：神手，神医，神仙。

吴老泉暗暗吃惊，难道是传说中的八仙吕纯阳出现了吗？他看得清清楚楚，葫芦里倒出的药丸，大小、色泽跟药柜里的相仿，而且，药丸也装在葫芦里，出诊时带，外壳刻有"老泉"的字样。他取出葫芦，也倒出了三粒药丸。

吕纯阳说：看你的了。

躺在床板上的产妇，身体的两半仿佛一半醒来，一半睡着。

吴老泉的掌心已有三粒药丸，他迟疑了一下，故意失手，让药丸滚落在地。恰好在吕纯阳的脚边。

吴老泉说：我的腰不好，请你代我将药丸捡起来吧。

吕纯阳弯腰，拾起药丸，交给吴老泉。吴老泉用水灌送……仅片刻，产妇的右半边身体活动了。

众人终于说活了：活了，全活了。

过后，吴老泉发现，吕纯阳不见了，不知何时离去。他对妻子说：过手，多亏过了一下仙人的手。

从此，吴老泉走运了，还得了个绰号：吴半仙。

大山之心

四明山有条蜿蜒的山路，是砍柴人走出的小道，像山背上划了一条痕。砍柴人熟悉沿路的一草一木一石一鸟，罕见有陌生人出现。

有一天，砍柴人上山。山不高，半山腰，看见一块多出来的石头，像衣橱，石头旁坐着一个和尚，和尚身边放着一把雨伞。

山上山下没有寺庙。

那块石头，仿佛从山里钻出来。一夜之间长出，好像它本来就在这儿。而且，已跟旁边的草木融为一体。

砍柴人以砍柴卖柴为生，早晨上山，中午下山，把砍来的柴担到一个十里外的小镇卖了。他奇怪，凭空增加了一块石头，那么大，十几个年轻力壮的小伙也抬不起来。从哪里来，谁搬来的？他就问和尚。

和尚平平淡淡说了经过，那口气，像砍柴人挑着一担柴下山一样轻松。

天蒙蒙亮，和尚肩上放着一把雨伞，伞上挑着一块石头，像挑着一个装衣物的包袱一样，他走到这里，放下雨伞和石头，石头一落地，立即像生了根一样，似乎变大变重了。他也不惊诧。

和尚说：看来，石头碰上了相好的石头，昨天我看见它，孤零零地卧在山下的大路旁，也不知怎的，我一挑就挑起了它，它好像一个道路的孩子，看样子，这里到了它的家。

石头像大户人家家里的一口大衣橱。砍柴人端详着石头，问：你为什么到这里就不动呢？

石橱像回答砍柴人，竟然慢慢地开了门，发出石板移动的声音。门内像小屋，里边闪闪发光，如同满天繁星。那是珍珠宝贝。做梦也没梦到过。

和尚似乎知道石橱里藏着什么，笑着说：你这样拿不了多少，还是赶紧下山，带一根扁担、一对箩筐来取吧。

砍柴人迟疑地看着和尚，不放心的样子。

和尚说：我就是歇歇脚，顺便守着石橱，等你来。这些宝贝，对我来说，都是身外之物。送到这里，你就有缘。

石橱敞开门，仿佛是透透气，见见光，有点炫耀的意思，等候识宝人。砍柴人急匆匆赶回来，还有十几步远的时候，咯嘣一阵响，石门自动合拢了。没有一丝缝隙。

和尚已合着眼，还打着呼噜。

砍柴人又拍又推，石门一丝不动，他摇醒和尚：我到了，门关了，你到底安了什么机关？

和尚笑了，说：门关门开，跟我已没什么关系，你到了，我走了，剩下是你的好事了。

砍柴人说：石头是你带来的，你得打开门再走。

和尚摆出一副试一试的样子，也用手，又是拍又是推，石门毫无动静。他像是累了，一手扶着石门（说是门，关闭了看不出有门），手掌摁在石门上，收回手，石门上有一个红色的手印。

砍柴人说：你做了个记号，你得帮我打开门。

和尚摇头，说：阿弥陀佛，我眼里它就是一块石头，你看，这个记号像什么？

砍柴人似乎应了村里的私塾先生的提问：像个心，红红的心字。

和尚说：心心相印，你要让门开，你的心要对石门上的心。

砍柴人上前，解开衣襟，让心脏跳动的胸脯紧贴着石门，先是凉，渐温暖，仿佛暖热了石门。他说：石门还是不开呀，你来试一试。

和尚笑着说：是你要开门，不是我要开门。

砍柴人说：你这不是捉弄我吗？

和尚说：方才，你心里想什么？

砍柴人说：还用说嘛，我已带来了扁担箩筐。

和尚双手合十，念：阿弥陀佛。

砍柴人拉下脸，操起扁担，说：你这个和尚存心和我过不去。

和尚微微一笑，说：我也是帮这块石头找到了家，它到了这，有了门，你看见了门，就有了缘，怎么开门，我也无奈，每个人心里都有一把钥匙。不能对上？是你的心有障碍。

砍柴人说：该做的我都做了，还有什么障碍？

和尚自言自语起来，念叨：石门里有宝贝，开门要用心，用了心，门不开，你到底用了什么心？心对上了，门就自然打开。

一阵山风吹来，砍柴人眼看着和尚轻轻离去，像乘风而去那样。人走了，话留下，砍柴人以为是树叶、竹叶发出的声音：心对了，门开了。

渐渐寂静。那个石头上的心字犹在，砍柴人生怕记号消退，就搭了个棚，住下来。他懊悔，对来的人（城里、乡村）只念叨一句：竟没问那是何方高僧？多年后，砍柴人死了，有许多人纷纷前来。石头上的"心"还那样新鲜，像刚印上的那样，渐渐地凹进去了，不知有多少人用心贴近过，但是传说中的四明山之心——石门再未打开过。

灯 笼

那座古镇，天一黑，家家户户，一方方的窗户就透出光亮。唯独一个少年的家里舍不得点灯。

少年不过十三岁。他七岁时父亲病亡，留下一箱书，临终遗言：要孩儿读书。孤儿寡母，家境贫穷，上不起私塾。少年用功，书像他的伙伴，白天足不出户，读书习文。还常常替镇里人代写文书，因为，价廉。

晚饭后，少年出门，拜访有学问的先生和朋友，请教、探讨学问。读了书，总有疑惑。他出去，母亲就在弥漫着夜色的屋子里等候。他不归，母不睡。

一天晚上，夜已深，母亲听见街上有狗吠，打开门，远远地看见弄堂里过来一盏灯笼。灯笼前边有一个熟悉的身影，那是她的儿子。灯笼和孤影一起移动。到了院门口，灯笼熄灭，好像消失在夜色之中。

母亲好奇，问：刚才是谁送你回家？

少年说：我一个人回来的呀。

母亲说：我看见一盏灯笼，好像有人提着。

少年回头，望着幽暗而狭长的石板铺就的弄堂，他笑了，说：妈，这条弄堂，我闭上眼也能走过来，只有月光照路。

母亲说：一定有好心人给你打灯笼。

少年说：妈，我还有这样的气派？朋友最多也就送出门为止。

母亲暗喜。她知道，儿子勤学好问，儿子说过：镇里的先生和朋友，每个人都是一部无形的书。

夜深了，她搬把竹椅，坐在院门口，望着弄堂，像多次梦里走不到尽头的洞穴。弄堂的尽头，出现一点光亮，渐渐地扩大，然后，灯光照出一个少年的轮廓。灯笼照亮了儿子回家的路。她又惊又喜，不知哪里传来狗吠，反而加深了弄堂神秘的狭长。

儿子一愣：妈，这么晚了，你当心受凉。

母亲看着少年身后的灯笼，忽然灯光消隐，她已来不及说出。

儿子似乎没察觉灯笼的亮和灭。母亲拿着蒲扇，说：屋里闷。

母亲不提灯笼的事儿。然后，几个夜晚，她都望见灯笼，只是，看不见提灯笼的人影，仿佛灯笼悬空飘动，紧随着儿子。她就不向儿子点穿，但很欣慰，不用担心儿子走夜路不慎跌跤了。弄堂里的石板，有时，踩上去会翘动，雨后，会溅出水。

过了半年，深秋，夜凉。一天夜里，少年从来没有那么晚归。儿子像从砚台里拿起的墨块，凝结着夜色，走到院门口。

母亲惊了一跳，今晚怎么没有灯笼伴随？目光洒在院子里，桂花树还散发着余香。母亲打量着儿子，说：儿呀，你的裤腿上怎么有那么多泥垢？这几天也没下过雨呀。

少年说：今晚，弄堂特别暗，我跌了好几跤，可能是石板下还存有雨水吧。

母亲问：今晚你回来这么迟，遇上啥事了？

少年说：我和尊敬的先生谈得来，听见隔壁传来争吵声，吵声不断，是一对夫妻发生了口角，打断了我和先生的兴致，我起身告辞，去劝架，不让先生受到打扰，先生本来就睡眠不好。

母亲说：劝好了吗？

少年说：那家的男人火气很大，劝不住，一定要我帮他写一纸休书，我代写了，出来时，那女的哭个不止。

母亲说：向来是劝合不劝分，夫妻吵架常有，我和你爹也拌过嘴，清官也难断家中事，你年少不懂事，那个女人哭，嘴不说，已懊悔，你不该帮男的写休书。

少年说：夫妻吵架，已掀翻了饭桌。

母亲脱口说：难怪今晚不见灯笼伴随你呢。

少年说：妈，那我该怎么办？

母亲拉上儿子的手，说：我陪你前去，收回休书，劝一劝男的消消气。

第二天晚，少年又去那位德高望重的先生家，表示歉意，问候睡眠。先生过问少年如何劝那对夫妻。因为，一大早，先生看见那对夫妻像没有发生夜间争吵一样，跟往常一样生活着。少年和先生成了忘年交，倒是先生留着少年聊谈书中的事儿。

母亲期望着灯笼。深夜，天上像捉迷藏，月亮一会儿钻进云里，一会儿又出来。弄堂的远处出现一点亮。她揉揉眼，分明是一盏灯笼，渐行渐远，像是灌满了一弄堂的光。

儿子走进院门，叫了一声"娘"。

母亲说：我去打听过了，那对夫妻和好了，我给你准备了夜点心，汤团。

水上浮来

四个男子一登上船，船身立刻往下狠狠地一蹲。

船夫看见船吃水很深。他暗自惊奇。当初，他撑船运石，造寺庙，凿石佛，也出现过这般情景，只不过那是石，这是人。四个男子，眉目倒透出慈祥。

船夫撑的是烧香船。烧香船专门载香客。路线也固定，行杭州到苏州的水路。

烧香船正好满座。吃水深，行船慢。船摇到乌镇，四个男子在舱里好奇地往外望。溪河交叉，绿树成荫，桃红柳绿。

一个男子问：可到苏州了？

船夫说：还有一半的路程。

四个男子悄声商议，最后，推举出那个提问的男子，上岸代表三人去看一看，眼见为实。此刻，船已到乌镇西栅日晖桥。

那个男子说：船夫，我要上岸小解，请行个方便。转而，他又对一船的香客说：我耽误各位的时间了，请见谅。

船夫扳梢靠船，将一块长木板搭上岸。他眼看那个男子脚踏上岸，船往上一耸，浮起好大一截，如释重负。他想起运石料的船，卸了石头，船浮起，他也一身轻松。

那个男子似乎被景色迷住了，迟疑不决，不知往哪里走为好。

船夫脱口感慨：这位香客好沉重，跟石佛一样。

霎时，岸上那个男子像中了定身法，立在原地，竟然纹丝不动了。

船上另外三个男子神色不安，好像被点穿了要紧的隐秘，就起身，说：我们也下船了。

船夫注意到，船已浮到往常的吃水线，仿佛水底有什么力量把船往上猛地托举。香客们也感觉到异常，纷纷猜疑，这四个男人到底是什么来路。

日晖桥塊岸那个男人，仍一动不动，保持着固定的姿势。

一船香客上前观察，又看又摸，看看是肉身，摸摸是石质。那个男子已石化，如同一尊石佛那样立着，尚有余温。

渔夫望一岸绿色，好像那三个男子融入其中——飘飞的绿叶回归绿树那样，看不出踪影了。

香客们起兴，寻找另外三个男子。

船夫说：我在这里等候，一个人不到就不开船。

香客一路找，一路问。消息如涟漪，一波一波传开。镇上的居民说：此地风景好，佛落仙境了。

乌镇有座放生桥。桥南找到了三个男子，也跟第一个上岸的那个男子一样，成了三尊石佛。

镇里的居民发起，泊船的岸上，在第一尊石佛立的地方，造了一个小庙；放生桥南，三个石佛所在地，建了个大寺，取名石佛寺，寺内盈门题了一块匾，上书：水上浮来。每逢新春香市，从杭州到苏州的香客，途经乌镇，总会靠船上岸，到石佛寺，西寺庙"烧回香"。

此为后话。而那一天，香客寻到了另外三尊石佛，已近傍晚。船夫默默等候着。

香客船上点亮了灯。船出乌镇，船夫仍不吭一声，只听船在水中行的声音，时不时，河中跳出一条鱼，好像夜色中的河传出一句梦呓，很快又恢复神秘而朦胧的寂静。船夫一向歇不住嗓子，一会儿说，一会儿唱。唱得一嗓好民歌，多为现编的词，套进老曲里。

香客没睡意，就套船夫的话。

船夫终于说：每个人都有秘密，怪我，四位原本可能寻找另外一个地方。

香客说：都走得这么远了，你还放不下？或许，那四……寻觅的正是那个好地方呢，你只是提醒了一句。

船夫说：我说漏了嘴了，好端端的四个活人……船浮上来，话吐出来，遇见奇异的事，只看不说为好。

后来，每到乌镇日晖桥的河埠头，船夫就多泊一会儿船。他也随香客们一起上岸，去大小两座寺庙，烧一炷香，向四尊石佛致歉。

平　衡

街上，两个店铺，门对门。姓王的开金银店，打制金银首饰；姓黄的开早点铺，做些油条、煎饼。方言王、黄不分。会说三画王，草头黄，以示差别。

金银店养了一条狗，狗看来人的衣裳，穿得好，摇尾巴，穿得差，就狂吠。金银店又大又阔，早点铺又小又窄，买早点的都是小户人家，通常不去对面的金银店，进金银店的也不屑来早点铺。好像早点铺随时可能被金银店挤走。

一天，来了一个陌生的乞丐，衣衫褴褛，蓬头垢面，还散发出臭气，还没进入，金银店的那条狗就冲出来，龇牙咧嘴，差一点咬住他。乞丐逃进早点铺，香气立刻裹住了他的臭气。

黄店主正在炸油条，夹了一根油条，盛了一碗米粥，配了一碟咸菜，摆上桌，说：慢用。

乞丐由惊慌转为平静，食物争先恐后地入口。那吃相迎来了众多目光。吃罢，乞丐像回味着入肚的食物，点点头，打个饱嗝，离去。

第二天，乞丐又来了。黄店主依旧端上三样。还瞅一瞅街对面的狗，那表情似乎说：你过来呀。

日复一日，乞丐已理所当然准时出现。食客都是熟人，以为是黄店主的什么亲戚。知道毫无瓜葛，就说那乞丐实在不识相，反客为主了。黄店主说：看来我这里的早点合他的胃口。

男大当婚。黄店主打算进山购木料，据说，木料的销路不错，把早点铺改为木材店，赚了钱，盖新房。可是做木材生意需要一笔可观的资金，开了那么多年的早点铺，连一块地皮也买不起。他发愁了一夜。

早晨，乞丐没来。

黄店主已习惯了乞丐的出现，来了正常，不来异常。他回想昨天早晨，乞丐望着对面蹲在店门前的狗，似有余悸，临离开，说了句：你咬不上我了。

那个白天，黄店主的脑子里，时不时出现一堆木料，还出现一片森林。好像他成了一棵树，发呆地站着。晕晕乎乎，提早睡下。醒来，枕头硌头，枕下有个红布包，布包里有白花花的银圆，一清点，一百枚。他疑惑，是不是昨晚做了个梦，又想，趁我入睡，谁塞进来了银圆？

打开卧室，就是店堂。他注意食客可能提起丢失银子的话，还婉转地询问有谁丢失了银子。那么大一笔钱，怎没人来寻找？

边经营边等待。他和一个贩过木材的食客合伙，进山购木。黄记木材铺开张了。而且，生意格外地兴旺，多年的食客也来买木料，还一传十，十传百，替他招揽顾客。供一个乞丐白吃那么多日子，还不嫌弃，成了他为人的口碑。

一晃，三个春秋。木盛金衰。对面的金银店冷清下来。有一天，跟平常一样，黄店主起来，扫地，洒水，还给门前的两棵树浇水。

突然，枝梢喜鹊叽叽喳喳叫。不知哪里飞来的喜鹊。好兆头。

那个乞丐不知什么时候来到门口，对着对面金银店的那条狗说：怎么不叫了？

黄店主说：我这改行了，稀客稀客，家里已烧好了早点。

乞丐并不惊奇，好像早已料到，说：蛮好蛮好。

黄店主唤妻子上早点。

乞丐刚一落座，就掏出一块红布，说：三年前，那一百枚银圆，今日该还给我了吧？

黄店主顿时醒悟，说：备着，备着，终于等来了，稍等。

乞丐一见，还是老三样，说：这对我的口味。

黄店主把一个红布包往桌上一放。一阵清脆的喧哗。

乞丐解开包，拨出一半。

黄店主说：连本带息，加酬谢，没你那一笔银子，哪有我这个店这个家？

我也听过这个故事，讲故事的老太婆已年过百岁，声称是故事的主人公黄店主的孙女。

黄老太说：这个故事一直闷在我肚子里，我担心把它带进坟墓里去了。

现在，这个镇上，已没有王记金银店，也没有黄记木材铺，倒是有几家早点铺子。那么多年过去，居民还是爱吃"老三样"，只不过有了改进。黄老太讲了"从前"，我好奇"后来"。

黄老太说：乞丐收回了一百枚银圆，当即，对着一条街喊，一呼百应，他把银圆分给了跑过来的乞丐。

那条狗冲着乞丐们狂吠，可能乞丐太多，人多势众，狗夹起了尾巴。黄店主看见乞丐们手里的银圆，在早晨的阳光下闪闪发光，似乎想起了什么。

金木水火土，聚聚散散分分合合失失得得兴兴衰衰，自会平衡。背后有隐匿的气力在起作用。王店主做生意利润厚，他把银圆藏得十分隐秘，在床底下，有个石砌的暗窖，一个大肚子坛子，密封了口。老婆也不知睡在银子上边。王店主禁止用人、伙计入他的卧室。

王店主反插门，取出地窖里的一坛子，一数，缺失了一百枚银圆。他派伙计牵着狗追踪那个乞丐。那个乞丐已不知去向，而且，再没在镇里出现过。镇里的乞丐也不认识那个乞丐。这些内情，由王店主憋不住气的老婆说出。黄老太小心翼翼地掏出一块红布，证明故事的真实性，那是一块手工纺织的土布，仿佛一见光，就随时可能风化。

东坡肉秘方

考秀才未中，那个书痴回到山旮里，说是下回还要再考。妻子发现他老是发呆。读书读傻了？病卧在床的母亲坐起来，第一次向他提出要吃东坡肉。

书痴放下一包裹书，说：我进一趟城。

妻子望着他的背影，好像他又进城考秀才，只是空着手。

书痴是个孝子。猜想母亲知道东坡肉，一定是舅舅多年前进城开了个饭馆，专做东坡肉。舅舅未回来过，可是，东坡肉的消息传到了山旮里的村庄。

舅舅听书痴说自己的姐姐要吃东坡肉，就亲自做了一陶罐东坡肉。可是，书痴拒绝。一是一天的路程，东坡肉会走味，二是他要亲自给母亲做东坡肉。

书痴说：以书为证，你说我记，怎么烧东坡肉。

舅舅还给他包了一块五花肉。他拒绝。他到街上的肉铺选了一块还冒热气的五花肉。手拎五花肉，怀揣秘方。他在脑子里把一张纸和一块肉融合，想象中如法炮制出东坡肉。

出城不久，就上了进山的那条路。他察觉后边有跟踪——一条狗，不近不远地跟着。显然是一条流浪狗。好像找到了主人那样。起先，他驻足：看你想干什么？

流浪狗也驻足，摇摇尾巴，像打招呼。

书痴顾自走着。要跟就跟，看你还能跟多久。

盘山小道，他转过一个又一个山岭。所有的一切都静止，只有背后一点在移动，那条狗时隐时现，还在路上做记号：跷起腿，撒泡尿。

书痴也有了反应，突然有了出恭的迫切。可是，一时又找不到茅房——山野里怎么可能有茅房？毕竟，解手不雅。他物色了一个灌木丛，好似一个天然的茅房。

所有的一切都那么寂静。树上鸟儿叫，反衬出山林的寂静。鸟儿在看。他把那包五花肉挂在树枝上。枝叶里边，鸟叫戛然而止。

书痴蹲在灌木丛背后，像儿时玩藏猫猫那样。肚子舒服了，臭气弥漫上来，似乎气味暴露了他隐匿的地方。鸟儿又叫起来。他一本正经地站起来，做出了一个彬彬有礼的样子。

甚至，他想模仿鸟叫，不过，却发不出鸟叫的声音。他忽然发现枝头空着，仿佛一只鸟惊飞，那枝头还微微颤动——那包五花肉不见了。

书痴冲上小路，看见那只狗，嘴叼着一包肉，往城里的方向奔跑。

他本能地摸一摸怀中的衣袋，脸上露出微笑。他终于和狗走了相反的路，渐行渐远。

赶到家，母亲坐起，说：儿呀，总算回来了，见着你舅舅了吗？他说：娘，儿要给你做东坡肉。

妻子问：肉呢？他说了途中的遭遇，还说那是一条又笨又蠢的流浪狗，叼走了那块五花肉又如何？关键是，吃不上有名的东坡肉。

妻子说：没有肉，怎么做东坡肉？

书痴掏出制作秘方，说：可是，怎么烧东坡肉的秘方我掌握着呢。

妻子只说：你就不要再去考秀才了。

书痴让母亲看那一张纸，好似端上一盘东坡肉。

袁亮的选择

　　一条河穿流在古镇，像一根线穿起珠子。两岸居民，贫与富由河流隔开。东岸坐落着富贵人家，西岸边几十户人家，住着几十间青砖乌瓦的老宅，都是贫苦人家。有一个中年男子，叫袁亮，尚未成家，穷得娶不上老婆，常去东岸的富人家打工。主人喜欢听他讲笑话。

　　袁亮穷得叮当响，却苦中作乐，平时，爱开玩笑，爱吹牛，吹得天花乱坠，不着边际，以至于他说真话，也没人相信了。他就有了绰号：袁谎。他能圆谎。

　　据说，袁亮懂鸟语，通狗话，甚至听出河水奏出的曲子。倒是孩童们喜欢袁亮，因为小孩好奇，鸟、狗、鸡、鸭说什么，就让袁亮翻译。

　　有一个夏日，又热又闷，袁亮睡不着。他起身，像是河水召唤他去洗个澡。他到河埠头——那是白天女人洗衣洗菜的地方，有石台阶，一级一级下到水里。

　　袁亮突然听见两个人的声音，不在岸边的房子里，而是在水中。

　　两个声音在商量，怎么把瘟虫洒遍小河，让小镇的活人都患瘟疫。还听出想象结果的窃笑声。可是，他只听声不见影。

　　袁亮望着夜色笼罩的小镇，仿佛是一个死寂的小镇。天一亮，会出现重复多年的生活情景：居民到河边，挑水，淘米，洗菜，人们不知夜里河水中已放了瘟虫，那样，白天也如同夜晚一样寂静了。

袁亮第一个念头就是：天一亮，就把瘟虫的消息告诉每一个居民。

可是，谁会相信我呢？袁亮第一次懊悔，这些年，说谎吹牛，有了瘾，自己乐在其中，却丧失了信任，即使说出了真相，也没人相信了。

袁亮在岸边徘徊，像热锅上的蚂蚁，他守护着这条河，像哨兵站岗。

小镇有个习惯，一旦发现有人溺水身亡，居民就三天不取河水。小镇各家各户都备有偌大的水缸，或接满了天落水（雨水），或预先往缸里挑满了河水。袁亮自己的屋子，天井里放着两口大水缸——父辈留下的水缸。

说谎，取乐，不害人。河水伴着碎银般的月光。他清醒地想到，唯有一个办法，用自己来阻止小河两岸的居民用河水。也是说谎应有的代价。

袁亮仰望星空，天空辽阔，繁星闪烁，他正想对天呼吁。他沉默了。再呼喊也没人相信。夜深人静，人们以为他——一条光棍发神经了？还打扰了人们的美梦。

他冷静下来。他立在河边，最后凝视了遥远的夜空、眼前的河流，他脱下布鞋，放在河埠头最上边的一级台阶上，鞋头朝河流，像两只小舟。然后，他一步一个台阶，脚渗入水中的一级台阶，溅出了一片水花，立刻被河水收走了。

袁亮像一个小孩，纵身一跃，跳入河水。扑通，激起了一片片浪花，转眼间，归于平静。

天亮了，有一个端着淘米箩的妇女发现了埠头上的一双布鞋，鞋头已绽开。她认出那是袁亮的鞋子。

河流在这一段有个转弯，弯中有漩涡，浮起一具尸体。

妇女惊叫。几个男人闻声赶来，捞起尸体，认出袁亮——是袁谎。

袁亮通体乌黑，像掉进染缸一样。一个老人说：喝了毒药，身体才会发黑。有人说：袁谎打光棍，活得不耐烦了。老人说：袁亮是个乐观的人，很可能是河水里有毒，他的布鞋端正地摆放着，看来，他下河前，很冷静。

有人说：鞋头指向河水，袁亮一定发现了什么，知道了什么……夜里发生的秘密。众说纷纭，好像发现了"袁谎"的秘密。老人说：全镇的大人，谁也不信袁亮的话了，袁亮很可能，以身试毒，让我们相信河水有瘟虫。

小镇居民给袁亮送葬，那是一场空前绝后的葬礼，所有的居民都自觉地参加了。他的屋子成了袁氏祠堂（小镇以袁姓为主），门上挂着一块匾：舍身救镇。据孩童说，时不时，听见传出逗乐的声音，分明是袁亮的声音。渐渐地，东岸的富人家也有迁到西岸，靠近袁氏祠堂建屋。穷人打工，不用过河了。

金刚含山

从前的从前，神造景，讲究好玩，图个适宜。

有一天，如来佛有了闲心，从西天来东海巡视。到了杭州的西湖，他停下来。他还是第一次见识人间竟有如此秀美的地方：西湖的周边绿树成荫，繁花似锦，清清的水，绿绿的树，可谓人间天堂。他起了个念头，在此修建一个住处。

如来佛发现美中不足。当时，西湖没有山。如果环湖增添若干山岭，青山绿水，高低起伏，相互映衬，错落有致，岂不更美？

如来佛即刻传令，命四大金刚搬山造景（力气活儿由金刚出面），并限定，一日之内，要搬大小百座山，放置西湖周围。他也想借此让人间惊奇，显示能耐，赢得敬畏。

四大金刚雷厉风行，立即腾云驾雾，到处搬山——距离不是问题。东拿一座，西背一座，好似人赶路拎一个袋或背一个包那么轻便。山仿佛失去了重量，在天上移动，如同一朵朵飘飞的云。

太阳仿佛也疲惫了，还有一竿子高，正慢慢地西沉。如来佛闭目——他有心之眼，就知道少三座山。而且，大的有了，还需小山搭配。

要在日落前的短暂时光，完成预定的任务，只能就近取了。四大金刚立在充满晚霞的云头俯视，发现太湖畔有三座小山，符合需要的规模。

大金刚照顾三个小弟，说：不劳各位了，三个小玩意，由我去拎就够了。

太湖边的三座小山，两座稍大，一座较小，在他的眼里，就是人眼中的馒头。他一手抓一个，那座最小的山，他索性含入嘴中，像人含一个青枣那样。他比其他金刚多一个本事，就是玩味，含着小山，像含橄榄。

晚风习习。大金刚耳畔生风。下边，升起人间的炊烟，飘飘袅袅。驾云来到桐乡、吴兴、海宁的上空时，突然，望见西南峨眉山的方向飞来一座小山，好像兄弟来会面一样。分明不是其他金刚在发力。难道是小山听了什么召唤？

他认识峨眉山的所有山峰，那座小山竟然飞抵西湖边，稳当落下。不是多出了一座山吗？

顿时，大金刚莫名其妙地筋疲力尽了，仿佛那一座不是他搬的小山，吸走了他的力气。本来，由他圆满结尾，可向如来佛邀功领赏，但是，多出一座，那可是忌讳，必受惩罚。

大金刚轻盈的身体沉重起来，他不知不觉地落在夜色初起的大地上了，疲倦袭来，他顺手将两座小山放下，打算歇一歇再起身。他的身体如同灌满了从未有过的疲惫，如冷而硬的石头。

突然，他的喉咙发痒。他张开嘴，吐出了含着的那座小山。身体里有了空旷的感觉，像一间堆满杂物的房子被腾净。

他脑子里仅剩下一丝念头：两座山，凑够数。他去拿两座山，过去轻易能拿起，这一刻，推呀扳呀，小山丝毫不动。

大金刚一惊。怎么会忘了如来佛的叮嘱：搬山的途中不能歇息，否则，山一旦着地，就落地生根。

他硬着头皮去见如来佛。月亮升起。如来佛一怒之下，罚大金刚到大雄宝殿外，看守山门。其他三位金刚不敢求情，那是规矩。

过后，三位金刚去见识了大金刚再也搬不动的三座小山，两座在海宁的硖石边，一东一西，后称东山、西山。一座在桐乡和吴兴的交界处，那是大金刚嘴里含过的小山，一吐，吐得那么远。被叫作含山。含山很滋润，绿得比其他山还浓。

报信的老人

五龙漾，漾就是小湖。五条小河汇流到此，又通向五个方向。小河像五条小龙，绕来绕去，最后汇入大海。五龙漾东岸有个小村庄，叫簖上村，五户人家，皆以捕鱼为生。簖就是在河水里插上竹竿的栅栏，如同水中的篱笆，用来拦截游鱼。这里红鲤鱼最为有名。

逢了春季，发桃花水，漾中的一群群鲤鱼顺流东游。簖上村有个传说，红鲤鱼到此地接受跳龙门的考验，跳过龙门，可入海化为真龙，若跳不过，只得回漾继续修炼。那龙门，其实就是簖。

有一年春天，桃花水发得特别大。溢出漾的水，接近了岸坡上的棚屋。水也混浊，河水吐着白沫，滚滚向东流。那是难得的捕鱼好时机。簖上村的几户渔家兄弟，加高了河中的簖，准备了渔具，等待着月亮爬上来时，戏水的鱼群跳"龙门"。

那天傍晚，颤颤巍巍走来了一个白发银须的老人，一副乞丐模样。很少有乞丐来簖上村。

年轻的渔民没带干粮，给老人指漾中的棚屋。示意饭在家里。其中一个说：要是忍得住，再过一个时辰，晚饭就送来了。

老人礼貌地说：后生呀，我赶来给你们报个信，后半夜，有大群的红鲤鱼要从这游过。

有个最壮实的后生对同伴说：听听，已在我预料之中吧？！

老人说：这群红鲤鱼可是受龙王的派遣，去东海办好事呢，你们万万不可捕捉，如若捕捉，会发生水灾。

年轻的渔民听过百岁老人讲洪灾的可怕——记得祖辈遭受过一次大水灾。五人立即决定放弃一年一度的最佳的捕鱼时机，并邀请老人一道回家吃晚饭。

五户人家，有一个年已百岁的老人，像在静洁的水中看见自己的面影，竟让报信的老人坐上座，问起高寿。

老人捋捋胡须，笑而不答。

五家有个习惯，一个灶间，一口大锅，一桌饭菜，一起吃。加双筷子，加个小菜，韭菜炒蛋。

老人吃罢，就辞谢，还叮嘱：切记切记。

百岁老人第一次起身送客，说：慢走慢走。

老人脚步轻快，飘然消失，仿佛融化在夜色之中。

后半夜，最壮实的渔民悄悄起来，赶到河边。听见水中一阵阵喧哗。月光下，果然一群大红鲤鱼，露出脊背。有一条他从未见过的大鲤鱼，像一条小舟，跃出水，搭在簖上。接着，一条一条鲤鱼，接连不断，像过桥，滑过它。簖上如同飘起一条长长的红绸缎。

他看得发愣，不知过了多久，他回过神来，仿佛红绸缎已飘走，只剩那条特别大的大红鲤鱼，扇动着身子，摇扇子那样。眼睁睁地看着它要从簖上落入水，他的脑子一片空白，手一动，鱼叉飞出，带着月光的闪亮。

他扛着大红鲤鱼，离棚屋还有几十步远，他就喊：不得了，了不得。

红鲤鱼跟他差不多长。大家迷迷糊糊出来，以为是做梦，做梦也梦不到这么大的红鲤鱼。

壮实的后生急切、利索，操刀剖鱼肚。

几盏油灯聚集起亮光，竟有人失手，灯落地。

鱼肚内，尽是饭粒、韭菜、鸡蛋的残渣。

百岁的老人说：我叮嘱你今晚不得出门，这一下，你恩将仇报，杀了报信的人。

第二天，没出现泛滥的大水。壮实的后生松了一口气，说：谎报消息。

百岁老人说：幸亏那群红鲤鱼都渡过了，以后种菜的活儿都交给你。

那以后，簖上村有了一个风俗，鲤鱼不上桌，不捕鲤鱼，不吃鲤鱼。每年都要带着孩子观看红鲤鱼跳"龙门"。只看，不声张，不动手。

客 串

郝静出生的时辰，夜深人静，大名寄托了父母的期望：好静。父亲开五香豆铺子，前店后坊，自炒自售。可是，郝静好动，渐渐地，就有了个外号：阿动。人们忘了他的大名。家里人也顺口叫他阿动。

阿动，动得有方向，是戏文，他喜欢看戏。戏到哪里演，他就追到哪里看。长到该娶媳妇的年龄，他还是静不住，只不过，挑上个货郎担子，担子里放着五香豆，紧随着戏班子，看戏，卖豆。

母亲去世得早，父亲替他发愁，据传，阿动看上了戏班子里的姑娘。

草台班，多为越剧，越剧里，清一色的女演员，男角，也由女人演，女扮男装，可是，不知为什么，阿动迷上了京剧，京剧都是男演员，跟越剧相反，有女角，却是男扮女装。

京剧戏班里的掌班（班主）说：京剧是花，阿动是蝶，蝶恋花，从未见过阿动这样的戏迷。

父亲病逝，阿动该子承父业，静下来了吧？阿动的担子里，增加了炒锅，现炒现卖。看戏，当然要吃零食，况且，带了小孩，阿动的生意特别好。他会来戏里的道白、唱腔，加上五香豆的香味，有声有味，吸引很多食客。戏开场了，他会让食客自己付钱自己取豆。一包五香豆的价格固定不变。

其实，台上的戏文，他不知看了多少遍了，闲了，他还会唱几句，甚至加上一些即兴的台词。

有一天，京剧戏班，来到他家乡的古镇，仿佛郝家五香豆回归了故乡。他已经跟戏班子在外漂泊了一个春秋了。

郝姓里的族长过七十大寿，请来了戏班，族长喜欢看《三国演义》《三国志》，点的戏也是"三国"。

不知怎的，扮演二花脸的演员患了病，上吐下泻，不能上台。

掌班一急，突然想到了阿动。跟阿动商量，救个场，帮个忙，客串一下。

郝静跟戏班，走南闯北，那么久，终于有了过把瘾的时刻，不过，他掩饰着激动，说：我还没正儿八经地登过台呢。

掌班说：这出戏，我演曹操点将，你演我手下的大将许褚。阿动伸出三个指头，似乎屈才了，说：就两句，三个字吧？你喊我过来听令，我答，在，你叫我率兵破敌，我应一声，得令。

掌班竖起食指、中指，说：是嘛，要不我怎么想到你来客串？两句台词，三个字，我出两块大洋，算是补偿你的生意，如何？

阿动将五香豆的担子摆在台下，吆喝一声：乡亲们，拜托了，自己取豆，自行付钱，听到了，传个话。

开演了。曹操上台，摆弄了一会儿威风，就喊：许将军听令。许褚走上台前，应道：在！一招一式，有大将风度。曹操说：命你带兵三千破敌。许褚应：得令。

台下，朦胧的月光和灯光里，一片密集的脸，随即响起一阵掌声，同时，不知谁喊：好，好，阿动演得好。"好"声响成一片。

演曹操的掌班过后说了他当时的反应：我演了数十年的戏，享受过无数次观众的喝彩，没见过给许褚的喝彩，何况，阿动是临时的客串，竟抢了风头。

掌班眼见了阿动"得令"走向侧幕，脱口喊：许将军转来。

阿动看过多少次戏，没这个情节，他愣了一下，转身回台，一副恭候的样子。

曹操说：许将军，你带兵前去，用何计破敌？

阿动醒悟是乡亲们喝彩给他惹的麻烦。他灵机一动，顺水推舟，说：丞相在上，军机大事，不可泄露，请附耳过来。

掌班不得不伸过头，侧着脸。耳和嘴贴近。

阿动的嘴对着掌班的耳，说：我仅赚了你两块银圆，你竟然如此为难我？

曹操大笑，点头，说：妙计！妙计！

台下，族长鼓掌，引领了所有观众鼓掌。

幕后，掌班边卸装，边说：阿动，你入戏了。

阿动说：我不配那些掌声，这可是我的家乡呀，乡亲们没见过我演戏，在鼓励我呢。

掌班说：再迷下去，你可以改行了。

阿动突然想到五香豆。台下，竟然还有几个人等在担子旁边，看摊。他清点了一下零零碎碎的铜板，竟然额外多出一些钱。

有人问：阿动，你改行了？

阿动摇头，说：祖传的五香豆，到我这里不敢中断，看戏，卖豆，两不误，戏里花样太多。

等 待

四目相对片刻。年轻人说：你让我好找，烧成灰，我也认得出你。

老僧说：估摸着，你也该找来了，我就等待着这一天呢。

年轻人腰配一把剑，使老僧想到年轻时的自己。想象中，现在的自己不就是年轻人未来的模样吗？

年轻人说：你杀了我父亲，现在，我替父亲让你受我一剑，做个了结吧，还有什么可说的吗？

老僧平静地说：我甘愿把这条命交给你，不过，恳求你一件事，让我挖通这个山洞，山洞挖通了，我就领受你那一剑。

年轻人说：跑得了和尚跑不了庙，我就暂且宽容你一些日子。

老僧曾是镖局一个剑客的儿子，潜移默化，自小就玩得一手好剑。一次护送客户的物品，遭劫，父亡。他成了孤儿，凭武艺，被一个官员看中，当了贴身随从。

那个官，地位显赫，婚后数年，没有孩子。夫人对随从，眉来眼去，关系亲密起来。谁诱惑谁，说也说不清。夫人竟怀了孕。纸终究包不住火，一次，官员外出巡视，竟然提前归来，发现床上躺着一男一女，就操起拐杖击打过去。

后来，他想不明白，那把剑怎么会飞出来抵挡拐杖？似乎剑并不在他手中，而是自主地刺过去。一剑毙命，见了血，剑挺立着。仿佛剑闲了很久，就等待那个时机，显示自己的存在。

他趁夜逃离。沿途的城镇，通缉令已赶在他前边张贴出来。他不得不避开有人的地方，进入山野。翻山越岭，看见一座山坳里的寺庙。他出家为僧。

可是，数回梦里，那把剑，一次一次飞来，似乎他以惊醒的方式及时中止了剑的行动——那把剑瞬间消失，他出了一身冷汗。每逢春天，遍山的杜鹃花绽放，仿佛是那一剑刺出的血，溅开。他决定要完成一件善举。一是补偿罪过；二是转移精神。

平原到寺庙，中间隔着一座大山，道路崎岖陡峭，进山的人，有的是香客，有的来采草药。已有数位香客丧生悬崖。移山不如凿洞。一天乞食化缘，一天挖掘山洞。日复一日，年复一年，凿洞不止。山外的百姓也知道了：一个僧人，把自己挖老了，接替了师父，当了住持。

起初，那个执剑的年轻人坐在洞口等待。洞口对着寺庙，每天傍晚，老僧从山洞里出来。蓬头垢面，将到年轻人面前时，他总是掸掸灰，整整衣，仿佛以这样的姿态迎接山外的客人。

年轻人一心一意复仇，对寺庙没兴趣，只问：通了没有？或问：还有多久能打通？

老僧总是说：快了快了。

年轻人说：你不要给我耽误时间。

老僧去乞食化缘，年轻人也跟随着。竟有人问：这是你的儿子吧?

年轻人说:他是我的仇人。

一天一天过去,老僧每天傍晚出来一回,吃些隔天的硬冷食物,烧一碗热汤,汤里放了野菜。

有一天,年轻人说:省得你耽误工夫,我替你烧饭,多一双筷子的事儿。

老僧说:让你费心了。

年轻人带着银子,下山买来一袋米,一壶油。等得也无聊,摘野菜,猎野味。老僧不沾荤,他单独烧,好像充实了时间。

老僧赞赏年轻人的手艺,说:味道好。

一次,同一锅,煮出同一菜。素菜。年轻人说:不打猎了。老僧不响,笑了。

年轻人想说"吃几顿,你就该上路"了,还握一握剑柄,后来,他不再说了,而是说:你时辰踩得准。老僧说:香气进山洞唤我该吃饭了。

花开花谢,天冷天热,山不动,云在动。看厌了,年轻人关心起挖掘的进度,他步入洞的深处,似乎看不上老僧慢手慢脚,嫌他故意磨蹭时间,就夺过凿子、榔头,说:看我的吧。

老僧赞叹年轻有为,但他绝口不提当年——年轻的时候。看见年轻人的佩剑,他又想起那把冲动的剑,仿佛年轻人腰间的剑,会突然出鞘。一看就是剑道高手,练成了,就是为了找到老僧,报一剑之仇。只是,老生看着年轻人,却忍不住要脱口叫一声儿子，他克制着，将秘密重又埋入心底。

年轻人说：你还愣着干吗？把碎石搬出去呀。

这一提醒，老僧又回到正事。

终于有一天，石壁上透出了一点亮。两人欢喜地一齐掘，亮扩大了，像一扇窗户，窗外可以望见辽阔的平原——一条河，一片屋。屋少的是村，屋多的是镇。年轻人钻出去，张开双臂，喊：通啦通啦。

老僧放下榔头，长吁一口气，仿佛提醒年轻人，说：现在，你的剑已等得不耐烦了吧？

年轻人转身，跪下，说：师父，你收下我这个弟子吧。

老僧上前，扶起，说：不敢当，不敢当。你费了那么多周折，不就是为了一件事嘛，我花了那么多时间，不也是为了一件事嘛，我们都为一件事费了那么多时间，那么多精力。现在，山洞打通了，我的事完成了，你也该做你的事了。让你耐着性子在这里等待了一个春秋，我感激你陪伴我挖通最后一段山洞。

年轻人摘下剑，一抬手，剑闪着太阳的光芒，坠入身旁的深渊。谷底毫无回声。

机 会

曹彬临危受命：担任主将，统率十万大军，征讨南唐。

宋太祖询问曹彬：可有什么要求？

曹彬说：恳请皇上恩准，让田钦祚担任我的副将。

宋太祖允准。

朝廷内顿时哗然。

田钦祚虽为将军，但打仗不行，且心胸狭窄，武将却偏文——巧舌如簧，背地里，阴邪狡诈。他常常向宋太祖进谗言，许多大臣都尝过他的苦头，对他避之不及，可曹彬偏偏要特将小人纳入麾下。

曹彬也曾屡次吃过田钦祚谗言之苦，幸亏宋太祖识才，没为难曹彬。

诸位大臣纷纷来曹彬府上相劝，为社稷着想，为个人考量，恐会蒙受不白之冤，不要弄得主将"内外受困"。怎么人皆远之，你却收到身边——副将真的非他莫属？曹彬似乎胸有成竹，微微一笑说：还是把他带在身边为好。

宋太祖也闻悉反对的声音。临出征前，他单独征求曹彬的意见，委婉地表示改变主意尚来得及。当然，宋太祖赞赏了曹彬胸怀宽阔，且善于用兵。

曹彬说：皇上，臣主意已定，给他一个机会，也给我一个机会，他也可凭此次出征，改变自己的形象，打破众人对他固定的印象。

十万大军，浩浩荡荡出征，直指南唐的都城金陵。破城，南唐主将李煜投降。原先担忧的"一粒鼠屎坏了一锅汤"的情况终于没有发生，预先，曹彬手下的几个忠实部将心知肚明：田钦祚会坏了主将的大事。

凯旋之际，宋太祖嘉奖，众大臣祝贺。

曹彬说：皇上英明，此番南征，南方将士勇猛无畏，朝中群臣鼎力支持，最终获胜已在意料之中。

宋太祖单独询问了副将田钦祚的表现，因为，皇上也隐约担忧曹彬率军出征，有大臣进言，要是此战出现不利，可能是田钦祚起反作用——挑剔曹彬的不是，然后密报皇上。可是，宋太祖摊摊手，说：我竟没收到过副将的密报，这也是我欣慰之事，你是如何让他服帖于你呢？

曹彬说：感激皇上的信任，征战时，我自始至终，把副将带在身边，把他放在我的眼皮子底下。

宋太祖说：那不是不给他建功立勋的机会了吗？

曹彬说：他出征本身就获得了立功的机会，对他而言，不战就是功，所以，皇上嘉奖他，我也欣慰，功名利禄可以堵住他的嘴。

宋太祖说：出征前后，大臣们反应尤为强烈，甚至，有大臣进言，要我紧急召回副将田钦祚，你完全没有必要带他出征呀。

曹彬说：他随我出征，还是留在朝中？皇上，恕我直言，我也有私心呐，战场上最怕什么？怕暗箭伤人，最有效的办法，就是带在身边，不给他那样的机会。

万　珠

景生是这样邂逅万珠的：农历二月十九日（观世音菩萨的生日），清晨，景生想起自己年已二十五，仍孤身一人，他带着鲛童，进了天门庵的观音殿，点上香烛，许了个愿。拜毕，欲从蒲团上起身，看到左边有两个人也在拜，一个老妇人和一个少女。不知怎的，他和少女打了个照面，四目短暂相对，就好像细线牵系住那样，又好像哪里见过，却确定没见过。

景生的脚，似乎由不得他了，紧随在她俩的后边。鲛童提醒他：走反了，家在那边。景生的腿毫不迟疑地走着，他边跟边想：那是谁家的女儿？是否婚配？家住何处？

少女搀扶着老妇人，拐进了一个小巷，小巷深处有个门，她俩进了那扇大门。景生望着关闭的门，等候许久，不见门开。鲛童还是第一次看见景生这样痴迷，说：我饿了。

景生似乎忘了鲛童的存在，就去叩旁边的门，向邻居打听，知道了那个少女叫万珠，出身名门，幼年丧父，躲避恶少，来到石浦，投奔亲戚，没找到，就待下了。邻居说：三天两头，像走马灯一样，很多人来上门说亲。

老妇人姓陶，选女婿的门槛很高，至今还没看中一个。

鲛童听出了眉目，说：你想娶媳妇了，对上了。

那是明末清初。景山到福建做生意，一去三年，两手空空。坐木帆船归来，上了岸，他看见沙滩上卧着一个是人非人的物体，一丝不挂，像被海水冲到滩头搁浅了，就问：为何躺在沙滩上？那个物说：我是鲛人，被风浪冲到了海滩，冲得晕晕乎乎了。

景生知道，鲛就是鲨鱼，他孤身一人在外漂泊，身边缺一个伙伴，看到鲛还小，就说：你愿意和我一起回家吗？鲛说：遇见你就随你了。

景生叫他鲛童。鲛童像个孩童，不懂陆地的物事，不会做家务，终日不响，有事儿，鲛童不做，只叫，叫起来有浪花飞溅的声音。景生也不差他做事。

鲛童望着那扇大门，发出浪花飞溅的声音。可能门里的人以为海水漫过来了。门开了——仿佛海水冲开了门。

景生进了院门，不禁笑了。

母女俩正在院中的一棵桂花树下做女红呢。

景生的目光立即系在少女的脸上，如痴如醉。

陶妇人发现有人闯入，似乎早料到，说：相公，有何事？

景生说：我来向令爱求婚……

鲛童站在景生的旁边，滑稽的一对。少女叫了一声，被针刺了手。

景生赶上前，说：怪我们，莽撞了，一时没找个合适的媒人。

陶母说：女儿不嫁，你出去吧。

景生说：我非你女儿不娶，回头，我托个媒人，备好聘礼。

陶母打量了景生和鲛鱼，沉吟片刻，说：我看你执着，我的女儿叫万珠，你若要娶我女儿，就拿万颗明珠为聘礼，否则，休想再迈进陶家门了。

不过，当时，倾其所有，几颗明珠也凑不齐。景生闭门不出，茶饭不进，卧床不起，还时不时喊：万珠，万珠，万珠。急得鲛童进进出出，不知如何是好。

一天，景生唤鲛童，说了今生无缘相伴的话，唯有牵挂：鲛童不会与人打交道。我一走，你怎么生活，何处安身呀？他说着，就满眼盈泪。

鲛童第一次看见景生的眼泪，就像个小孩一样，号啕大哭。别丢下我，别丢下我。像刚从海中出来一样，泪如水珠，纷纷落下。

景生有气无力地躺着，不忍看鲛童流泪。他垂下眼帘，渐渐听见有异样的声音，如珍珠落在盘中，清脆，悦耳。他睁眼，起身，看见地板上发亮的明珠，跳跳，滚滚。他说：我的病好了，不走了。

鲛童破涕为笑，像应和着明珠的舞蹈，说：好了就好。

景生说了明珠和娶亲的关系，鲛童乐了，说：我还有这样的本事？数一数，够不够？

一起捡，一起数。6666 颗。

鲛童说：你一高兴，就打断了我哭，你要让我多哭一会儿多好。

景生说：你再哭一下，不就够吗？

鲛童做出了各种表情和动作，终于无奈地说：我实在哭不出来，哭不是说来就能来。

景生叹息，念叨：万珠万珠，难道我与你就这样无缘吗？

鲛童说：我们出去走一走，想一想办法。

这一次，鲛童在前，像牵了根线，走着走着，登上了海边的一个又高又大的礁石。景生坐下，鲛童立着。沉默良久，只听潮声。

突然，鲛童哭起来，哭得劝也劝不住。随着鲛童的眼泪，景生听见礁石上有清脆的声响，那落下的泪珠已变成光彩的明珠。

景生脱下褂子放明珠，欢喜地喊：够了够了，明珠够了，别再哭了。

鲛童继续哭，很悲伤的样子。

景生将褂子兜着的明珠展示在鲛童面前。鲛童的目光从大海里收回，随即，泪止。

景生疑惑，问：你怎么哭得劝也劝不住呢？

鲛童望着东海，说：就像你的名字，就像你说过，触景生情。

景生说：对对，好了，现在可以回家了。

鲛童下了礁石，走下大海，说：你凑够了，我也回家了，大海是我家。

事后，景生得了明珠，失了鲛童。陶母说：万颗明珠，是我为难你，你做到了别人做不到的事，心诚则灵，万颗明珠你拿回去，我女万珠嫁给你。

推荐信

北宋时期，四明山雪窦寺的重显禅师，在随州的智门寺光祚禅师那里修行。有一天，曾学士来到智门寺，遇上重显禅师。两人是好友，只是长久未见。

恰巧，重显禅师又要起脚去云游了。曾学士已在朝廷有了地位，人称曾公。曾公问他此行打算去何处。重显禅师自称云水僧人，随缘惜缘，只想去浙东浙西一带参学。

曾公建言，说：禅师不妨去灵隐寺，天下许多僧人慕名前去参学，灵隐寺的住持延珊禅师也是我的好友。

当即，曾公写了一封推荐信，说：延珊禅师见了信，定会好好接待你。

三年后，曾公奉旨出巡浙西，恰好顺道经过灵隐寺。他惦记重显禅师，未悉其行踪，可还在灵隐寺？

延珊禅师也不知寺中来过重显禅师。再询问，寺中也没有僧人知道有个重显禅师。曾公没提推荐信的事。

当时，寺内住有一千余僧人，一半是挂单的僧人。很可能重显禅师根本没来过，热闹的地方他不凑，人多的场所他不去。

曾公命陪同官差检查挂单名籍，每一个挂单的僧人床头均有名字。

终于找到了重显禅师，在灵隐寺已住了三载。

曾公问：我那封推荐信不起作用？

重现禅师取出袖中的信，封缄原样，竟没启封过。

曾公说：你是我的好友，延珊禅师也是我的好友，你给他这封信，何至于这么委屈？

重显禅师说：闹中取静，不也很好？曾公的好意我领了，我这样的行脚僧人，要是得到延珊禅师的关照，我不就"重显"出来了吗？那么，我就不自在了，何况，这么热闹的寺院，延珊禅师要挂多少心呀？

陪同的官差羡慕重显禅师，惋惜道：能索得曾大人的推荐信，官员能青云直上，你有幸得到曾大人主动写的推荐信，却不当一回事儿，实在可惜。

重显禅师笑了，说：我一直把这份善意随身带着呢。

曾公巡查结束，返回途中，再次到灵隐寺，向两位好友告别。再次相逢，不知何时？

重显禅师不知去向。不过，同室的僧人转了重显禅师留下的话：已重显，留不得。

曾公内疚地对延珊禅师说：我这位好友隐在你处，三年之久，是我让他显出来了，等于我赶走他。

延珊禅师说：出家人，不可不自珍呐。

摆　渡

　　一条河，依凭季节，时宽时窄，时深时浅。河南岸有一个村庄，很大很古；河北岸有一片坟墓，也很大很古。祖祖辈辈，村庄里死了人，都埋到北岸的坟场。有远见的家族，会预留出空位。甚至，有人说，坟场比村庄还要大。清明节前后，村庄里所有的人，都会陆陆续续摆渡到坟场祭祀。平时，有了丧事，坟场也有一家一族的人去举行葬礼。

　　河上没有桥，以河为界，阴阳两隔，生死之间，总得有个距离吧。逢了祭祖或丧事，靠摆渡。渡船不闲，因为，村里人，有什么心思，或喜得贵子，也会摆渡，向祖宗叙说，或祈祖宗保佑。

　　渡船停泊在南岸的码头，大大小小总有两三条。奇怪的是，北岸也有一条渡船，有点老旧，似乎被遗忘了或废弃了。久了，有鸟筑巢。

　　古老的村庄延续了个习惯，死了人，埋葬的同时，还雕凿一尊石人，死人和石人形体、相貌相似。村庄的石匠多，手艺精，跟坟场配套，坟墓也用石块砌筑，包括石碑。当然，有钱人家，会模仿死者居住过的宅子，建筑气派的坟墓。不过，死了的女人不给雕石人。而男孩也雕有石娃，甚至雕出生前淘气的形态。

　　城里的人说：那是两个村庄，一个死人的村庄，一个活人的村庄，一代一代，死了多少人，都在。那是个古老的大村庄，死者的村庄，地面上和地底下对称。

一个搓麻将的村民说：坟墓旁的石人和坟墓里的死人没有直接对应，石人像洗过的麻将，会立在另一个家族的墓旁，可能祖先故意这么摆放，阻止外人根据石人认定死人埋葬的地方吧？

也有人猜，是石人活动，寻找说聊夜话的人，或者看中什么人，石人也有交往，坟场白天安静，夜晚一定热闹，但不能有活人在。

所以，村庄里的人，给死者烧冥纸的同时，也会找到相似的石人，烧冥纸，给钱花（有活动，有应酬嘛）。但是，都不搬回归位，似乎遵守祖宗约定的规矩。

有一个石人活了。在坟场的范围内走动，还不算活得自在。他竟然上了北岸那条闲置的渡船，仿佛渡船等候长久了。

石人摇桨过河，趁夜翻进一个院子。那是一个中年寡妇的家，寡妇似乎也不惊奇：是你？

接连三天，石人每夜都进寡妇的院子。一是，吃人间食物，寡妇做得一手家常土菜，甚至，还备有陈年老酒。二是，纳女人的气息，石凉，女人焐热了，就有了人气。

石人要过人间烟火的日子，当然，最好女人能怀上孩子。

这些私密，都是事后，寡妇突然病了，说出疯话。她甚至呼唤那个男人的名字——死人和石人是同一个人。问题是，隔了一个朝代。

有一天晚上，石人照常来到北岸，岸边的芦苇丛中，渡船不见了。

实际上，是村庄的摆渡人闲了，顺便把渡船带回了南岸，打算修补修补。

石人在北岸走来走去，碾倒了一溜茂盛的青草，天放亮，他不得不回到原来的位置。

隔了一天，傍晚渡口有一条船，船上站着一个船夫，像是等什么人。也是常事，有些石匠，凿石人，或立石碑，赶活儿，往往天黑返回。不过，坟场没有活人，也没有凿石的声音。

石人要求摆个渡。船头似乎终于等到了人。石人一上船，船一下沉下去一大截——吃水很深。那种情况，乘几个客人才会出现。除非单独运一块石料，或凿好的石人。

船夫脱口就说：你一个人，怎么这么重？跟石人一样重。

石人翻倒，落在了岸边。

船又浮上来，卸了重负一样。

第二天，船夫叫了两个石匠，来到北岸的坟场。按着记忆，找到了石人。

石人面朝村庄，保持着遥望的姿势。

谁也记不得石人以往的姿势，毕竟石人太多，而且，这又是个老石人——永远停留在壮年了。显然是冷兵器时代的装束。

船夫细致，终于发现了异样：石人的腿上有绿色的草汁的痕迹，还很新鲜，只有在草丛中蹚过，才能折伤青草。

随后的几天，石匠每天都来看石人，草汁的痕迹已消失，石人的周围，看不出有蹚过的迹象。石匠对船夫说：你点穿了石人，就像活人梦游，被喊醒……石人真正死了。

半年后，寡妇恢复了正常，她不知道自己说过的疯话，不过，她时常去河边，望着对岸。有一次，浣洗的衣裳竟然被水带走了。

船夫内疚，他把修好的那条船，放回北岸的芦苇丛。那条渡船再没动过。船夫年轻的时候，喜欢过一个女人，可是，娶不起。现在他老了，河的南北岸，连接生死，他不知摆渡了多少次，多少人。有时，他念叨：我坏了人家的好事。

被 子

我得像故事里的主人公周千里，有话就挑明了，也力图像孙方友的微型小说那样弄出个"翻三番"，借助于周千里的所作所为，体现微型小说的"智慧含量"。

周千里的周，也可谓"走"，这个"走"，是指耳朵灵敏，知道千百里之外的事情，他足智多谋，爱打抱不平。按现在的话说，眼里掺不得沙子。

那一天，周千里沿河边散步，忽然听见一堆话里有他的名字。说话的人声音很高，底气很足，颇有"威镇山河"的口气。那一堆话是：周千里算什么玩意儿，要是碰到我的手里，我送他到衙门吃官司，挨板子，打他二十大板，让他讨饶为止。

那话从一条划过运河的船里传出，船搭着漂亮的棚子，像移动的屋子，周千里听出，船中说话的是上游一个小镇的小霸王，人称"惹不起"。看样子是入城进货。

突然，周千里又招手又呼喊又顿足。船慢慢靠岸，一定以为商家顺路载货。

周千里毫不遮掩，自报家门，而且，直接挑明：方才听君一席话，就想顺路搭船。问小霸王：敢不敢让我搭船？

小霸王已放过豪言，也不能在同船随从面前丢失了面子，说：你要敢，就上来。

周千里上了船，似乎已忘了小霸王的坏话，一副双方有缘的姿态，多有好话，问明了小霸王进城办货，要待三天，在船里过两个夜晚（做生意，能节省就得节省）。周千里说自己囊中羞涩，愿在船上陪同聊天——聊上一夜。

夜凉。三个随从一条被子。不得已，小霸王和周千里合盖一条被子，幸亏被子跟他的大话那样大。话不投机，各自入睡。

起了个大早，周千里叠起被子，抱上离船，说有急事要办。

小霸王追上岸：人要走，怎么把被子也带走呀？

周千里说：我的被子当然随我走。

小霸王恼火了，说：让你盖了一夜，怎么就成了你的呢？

双方扯着被子，僵持不下，引来了众多看客。小霸王说：就让县官老爷裁判。周千里说：我奉陪。

两个男人，一床被子，让知县也觉得可笑，一拍惊堂木，说：两位都称自己是被子的主人，有何证据？

小霸王自信地说：蓝面子，白夹里，中间装着丝棉。

周千里从容地说：手一摸，谁都知道丝棉胎，我带被子出远门，人被相随，就是担心有人公开霸占，我预先在被中做了个记号——放了张小纸条。

知县命令衙役当堂拆开被子。夹缝中翻出了一张纸条，当众念：蓝面子，白夹里，周千里的出客被。

被子判给了周千里，小霸王欺夺他人被，挨了十大板。

几个随从搀着小霸王（明知夜里周千里做了手脚，随从帮助主人说明，却拿不出有力的证据），出衙门。

周千里赶上来，递上被子，说：物归原主，我只是让你明白，一个人说话、行事，不可霸气。

小霸王示意随从接被子，他咬咬牙，发咒：你等着，等我怎么收拾你，迟早我叫你上衙门，挨板子。

周千里转身奔跑，进了衙门，击鼓告状：那个小霸王，不服老爷的判决，出了衙门，仗着人多势大，把被子夺走了。

知县立即发令，几个衙役追上小霸王，押回公堂。重打十大板，当场交还被子，而且，要他发誓：不再霸占别人的被子。

小霸王已有口难辩，且浑身疼痛。出了衙门，径直前往泊船的码头。

周千里跟上来，说：你说过要我挨二十大板，今天，算是你替我挨了，还是物归原主了。

小霸王说：你还想设圈套，套我？被子我也不敢要了。

周千里说：我拿你的被子，不就成了累赘吗？我喜欢，两袖清风，观赏风景。

读者不妨数一数，被子的故事，够不够"翻三番"？

乐贤的礼物

官方记载和民间口传总是错开，各记各自在乎的人。乐贤的故事属于民间传说。民间喜欢自己的乐贤。对待人物，就会显和隐，隐去姓名。因为显的乐贤带出了官场的官员。遗憾的是那个官员没留下名字。

那是位知县。乐贤生活在他管辖的范围内，两人私下里有交往，一是切磋诗书，二是了解民情。知县闲暇时，爱好诗赋、书法。

我也懒得去浩瀚的史料里海中捞针般地查找那位知县确凿的底细，因为，我是在写小说。小说和正史还是有很大的区别。

有一年，知县虚岁五十。这一带，讲虚岁。而且，有个习俗，做九不做十。知县很少过生日，他说：那是瞒天过海，不让……（他指指天）惦记。其实，坐"县老爷"之位，会有人借此送礼。这也是人之常情。人在做，天在看，他还是在乎天（天有眼）。

家中人起兴给知县做五十大寿，小范围。可是，有心人早就惦记着他的生日。知县放出话：你不送礼，我不收礼，两相不为难。

都知道知县的性格，高雅，清廉。知交的朋友也知道，只带着一张嘴来便是。送礼反倒尴尬。

乐贤不算知交，但投合。他却大大咧咧来送礼，还说：寿宴我就不凑热闹了。

礼物是六个铜板、一张字条。小楷字，工工整整。字条上写着：收我铜板老爷贪财，不收我铜板则看不起我。

这岂不是试探我的清廉吗？小钱也是钱。收还是不收？知县一时犯难起来。他索性坐上轿，前往抚台大人府邸讨教一下。毕竟乐贤在民间很受欢迎，不可轻视。

抚台大人见多识广，必有应对乐贤的考题的答案。至抚台大人的府门前，一帮小孩正在玩耍，玩官兵捉贼。他的小儿也玩过这种游戏。

突然，小孩们中止了游戏，一拥而上，拽手抱腿，仿佛他是一棵树。一个小孩煞有介事地说：抚台大人今日不见客。

那个小孩是抚台大人最小的儿子。知县宠自己的孩子，也宠别人的孩子。他说：你爹知道我要来吗？

小男孩仰脸，眨眼，说：当然，我不告诉你这个秘密。

知县说：说出来的秘密就不是秘密了。

小男孩说：我还没说出秘密呀。

知县立刻猜中，乐贤预料了他的行动，一环套一环，已套好了。小孩们手中的小风筝，各色各样，那必是乐贤的安排和调教。他跪下，跪到和小男孩脸对脸，说：我有事讨教你爹。

小男孩摆出抚台大人的架势，说：有何难题，说来听听。

知县抱起小男孩，嘴对耳，悄悄说了遇到的两难选题。

小男孩大声说：这还不好办？你用三个铜板买韭菜，三

104

个铜板买绿豆芽，炒熟了，送给那个乐贤，说九碗小菜作回礼，收了是嘴馋，不收就失礼，有来无往非礼也。

知县乐了，大笑，小孩操大人的腔调，隐在背后的乐贤暴露了。

回府，知县对夫人说了经过，说：乐贤编了个圈套，让我往里钻，还是有漏洞，教孩子，应当用孩子的话表达。

夫人笑了，说：这个乐贤，有童趣，他在试你的才能呢。

茄　子

从前有座山，山上有座庙，庙里有个老和尚，老和尚给小和尚讲故事。

小和尚嫌故事短。干起地里的活，他却嫌时间长。老和尚说：你的修为还没入门。

小和尚专职种菜，是菜僧。他种了三亩地的茄子。浇水、锄草、施肥，都由他承担。出家前，父亲种菜，他在地里玩耍，那一带，穷人家的孩子，养不起了，就送入寺庙当和尚。

小和尚种的茄子，茎茎叶叶都鲜活，一派生机勃勃的景象，却不见结茄子，唯有一株，还只结了一个茄子，又大又壮，像他的小腿。辛辛苦苦对待土地，土地却只供养出一个茄子。他很委屈。不知是泪还是汗，阳光映出他脸上像虫一样蠕动的水珠。他头枕田埂，望着天上的云朵，像羊群，一群一群地过去。

仿佛来自头枕的土地，响起一个老人的声音：孩子，三亩土地，一个茄子，可没有委屈你。

小和尚感觉到在树荫里，有一个白胡子老头立在旁边，遮住了阳光，像一朵云降下来。他听老和尚讲过土地公公的故事。只是，老和尚承认没见过土地公公。

小和尚试探着说：你就是土地公公？

老人说：我对谁说话，谁就能看见我。

小和尚顿时泪流满面,说:这片土地欺负我。

老人说:别轻视了一个茄子,山上不是有个石洞,石洞里有个金磨,门一开,磨就转,金磨一转,就出金子,是对你勤劳的报偿啊。

小和尚听老和尚讲过有宝藏的山洞的故事。不过,老和尚说,很多人都寻找过,找不到就失望,没人进过洞,传说中,要有一把钥匙。老和尚也不知道什么样的钥匙。

小和尚脑子转得快,说:那个茄子是……

说半句话,他睁开眼。白胡子老头像一片云一样,不见了。地上没有人来过的痕迹。可是,老人的声音,他听得真真切切。

小和尚跑进地里,摘下那个茄子,奔上山。石洞像个盲人的眼睛,有洞形,但里边齐齐整整地封着石板,没有他想象中的锁孔。

他用茄子敲石门,敲了三下,重重的石门,像有人轻轻地一移,闪开了。随即,一片光,刺眼。那是金灿灿的光。他揉揉眼,渐渐适应。仿佛进了一个磨坊,他看见了磨在转,磨的周围一片空旷。无数道金光闪烁着。起初,他以为是麦粒,金灿灿的麦粒从磨里纷纷跳出。

耳畔似有风,风有声,那是茄子地里白胡子老头说过的话:金子像麦粒,只能拿一粒。小和尚看着转动的磨,几乎是漏出麦粒般细碎的金子,脱口说:你那么抠,我好不容易进来,一粒怎么够?

小和尚看见磨上放着一个瓢,那是他熟悉的形状,一个葫芦对剖，就成了舀水的瓢，可是，那个葫芦瓢，闪闪发光，好像是一把金钥匙。土地上的物产，是许多门（嘴是人的门）的钥匙吧？

突然，不止一个人的声音，还伴随着纷乱的脚步，似乎洞中有人埋伏，喊：有贼！抓贼！

小和尚抓起金葫芦瓢，拔腿往洞口逃。左腿刚出洞，石门已发出"隆隆"的响声，他的右脚被夹住了。他扑倒在地，狠狠地抽回脚。石门已恢复了原状，严丝合缝。好险，稍迟一步，半边身子就夹在石门缝里了。他一口气，进了山门，入了禅房。

疼痛滞后地显露出来。脚踝上留着石板勒刮出的血印，鲜红的血珠爆出，跟金粒差不多大。腿肿起来了——一下子粗了。他的手拍拍衣服，又摸摸床铺，茄子一定遗忘在洞中了。

老和尚来了，他在茄子地里没找到小和尚。看见那个金葫芦瓢，问：你怎么进的洞？

小和尚讲了经过，一副听故事的表情，他说：我把茄子忘在洞里了。

老和尚双手合十，念：阿弥陀佛。

第二天，小和尚已不能起来，脚发炎流脓，一挤，像浓稠的奶水。伤口发紫，肿在扩大，伴随着发烧。恍惚中，肿起的腿，像那个茄子，茄子在腐烂。

庙小，香火不旺。老和尚下山将金葫芦瓢当了，请了郎中，买了药膏。日复一日，天气由热转凉。小和尚的腿，渐渐消了肿，似乎腿瘦下去了。

小和尚能起来走动了。他惦记那个金葫芦瓢——洞中唯一带出来的宝物。老和尚做了个虚晃的动作，一笑。

金葫芦瓢兑换的钱，恰好用光，受伤的腿，正好痊愈。不差分毫。小和尚疑惑，是不是发生过进洞取宝的事？好像做了一场梦。他时不时地摸一摸腿。

老和尚说：来去空空，修进了一点，就被抹掉了。

第二年，小和尚又种茄子。他不再听老和尚讲故事了，仿佛他已进了故事——他本身就是故事。同样的地，同样的苗，他倒企盼，只结一个茄子，可是，满地的茄秧，茎茎叶叶，蓬勃茂盛，每一株都结了不止一个茄子。累了，他头枕田埂，期待那个老人的声音，有时，他起身，用脚跺地，尘土起，像冒烟。

一卷土布

西北风刮得门窗呼呼响，像有人急着要闯入。乐观等着母亲取下织机上的一块布。母亲说外边那么冷，风停了再出去吧。

乐观瞅了一眼冷清的灶，说：一丈，正好。

拉开门，风钻进。乐观侧身出门，说：妈，你插上门。

上了街，第一爿布庄。掌柜展开那卷布，一量，说：九尺七寸，不到一丈，不收。

乐观掖着一卷布，顺着风，像有人推搡他，到了第二爿布庄。

掌柜一量，摇头说：九尺五，不到一丈不收。

小镇只有一条主街，铺着青石板。枯叶像一群过街的老鼠，随风窜动。天寒地冻，难道是布冷收缩了？乐观打了个寒战，似乎身子也缩了起来，衣服空出了许多，灌进了寒气。他过了一座石拱小桥。夹紧了那卷布。风掀动着他的衣襟，像是搜寻什么。

桥东有小镇最大的一爿布庄。乐观把布摆上柜台，真想对着布哈几口热气。他攥紧僵冷的手指，瞧着那把竹尺。

掌柜说：九尺三，布织得好，可惜尺寸不符。

乐观差一点要开口。出门前，我妈量过呢。不过，他觉得蹊跷。要不换个好天气再来卖。他挟着那卷布，低头顶风过石桥。突然，他刹住脚，一愣，以为桥栏的石柱被吹折了。

一个衣衫褴褛的老人倒在桥中央。

乐观上前，一摸老人的手，还有热气，腕有脉搏。他腋下的布，像个小孩从怀中翻下来那样，布垂直抖开了，裹在老人身上，又像翅膀一样展开。他绕了几层，将老人裹严实了。背起老人，那么轻，似乎展翅飞起，耳旁风呼呼响。

叩门，门开。风灌进屋里，屋里热闹起来，各种小物件发出响声。乐观背着老人坐在地上。门一关，他听见了老人呼出一口气，好像吐出寒气一样。

屋内恢复了平静。乐观说：妈，生火。接着，他把老人换上自己的床铺，盖上打了补丁的被子，捂严实了。想起了已逝的爷爷。

火在灶膛里跳舞。母亲抓出缸底仅剩的一把米，放入锅里。乐观悄声地说了桥上的遭遇。去时桥上空着，回时遇上了老人。一定是被风吹倒了。

母亲说没见过这个老人。乐观猜测：可能是一路顺风乞讨，进了小镇，街上净是风。

粥熬好了，盛了一碗。乐观托起老人的背。喝了粥，老人慢慢睁开了眼。似乎疑惑自己怎么到了这个地方，连连点头。终于说：我得起来，赶路呢。

母亲说：外边冷。

老人说：喝一碗粥，我就热了。

母亲说：观儿，这块布就给老人家披上吧，好挡挡风寒，我再织一块够一丈的布就是了。

老人说：这块布我不能带走。

乐观说：布庄也不收，你带走吧。

母亲叫乐观送一程。

到了那座石桥，老人问：小镇里有什么避风的地方？风过了，我再赶路。

乐观一指，说：东街尽头，有一座小庙。

两人站在桥顶——老人躺倒的地方。老人让他留步。乐观提醒道：老人家走好。

老人转身。忽然，像有一只手，解开缠身的布，老人在桥顶旋转起来，像一股旋风。风中，布展开，越来越长。老人一步一步走下桥。桥东就是那爿布庄。布庄已关闭了门。

乐观以为风转向——起了东风。可是，分明还是刮着西北风。那块展开的布，是逆风飘拂。布经过他的眼前——他让开。布的一端，已飘到桥西。

布连接起桥东桥西，仿佛在桥上搭起了另一座轻盈的桥。

老人的话也逆风传来：我没什么感谢你们娘儿俩，你在屋里讲的话我都听入耳了，就将这块布拿去卖吧，你得收起来，不然要被风吹走了。

乐观回过神来，他边收边卷，似乎布在不停地展开。他说：这么长，我怎么收不完？

立刻，他手中，布自动卷到了尽头。他转过脸，看桥东，不见老人的身影。一群枯叶随风在石板街上慌乱地涌动。

乐观扛着一大卷布，回到家，风停了。他对母亲说了桥上布的奇迹。母亲笑着，剪下一段布，一量，有两丈。

母亲说：卖了布，买袋米。

乐观背着一袋米回来，灶膛火已旺了。母亲的脸被火映得一亮一亮发光。他发现，那卷布还是那么大。

母亲量了好一会儿，不语只笑，说：屋子漏风，该补一补了。

乐观终于笑出来，仿佛又见那风中飘飞的布。

那卷布，剪去两丈，可是，过后一量，还是保持原来的长度，一点也不少。乐观上街，过去，他会多看几眼姑娘，自从家里有了那卷布，他的目光总是期待陌生人。

杂货铺子

　　阿根挑担下山，一头挑兽皮，一头挑山货。多少年来，都是城里来人收购。可是，老娘、妻子、女儿都鼓励着让他亲自下一趟山。他怀里揣着一张购物的清单，估计上山与下山挑的重量会差不多。

　　果然，比城里来的人收购价要高出许多。山货很快出手，他按着清单询问，有人指点，清单所列的物品，有一家杂货铺子全都有。节省精力和时间。

　　店主说：你算找对地方了，单子列出的东西，我这全都有，一样不缺。

　　阿根东张张，西望望，看得眼花缭乱。就想：这个我娘一定有用，那个老婆肯定喜欢，这个女儿当然稀罕。而这些东西都没写在清单上边，他们怎么想象得到，外边的世界还有这些东西？而清单上列的东西，也不过是城里进山收购山里物产的人，以货易货，加上偶尔针对性地提一点，星星点点，就组成了城里的东西，但杂货铺子里很多东西没被提到过，人家怎么说得过来呢？

　　店主陪着阿根，阿根的目光停留在一样东西上，店主就趁机介绍，怎么用？谁来用？店主也有意推荐女人喜欢的用品，扩大了清单的内容。

　　阿根说：谁想得这么周到？要是都买上，你这个杂货铺子得搬上山了。

店主说：你这根扁担可挑不动。

阿根停在一面圆镜前，椭圆形的镜子，他对镜子里的人笑，镜子里的人同时对他笑。他知道，镜子里的人就是他。他以前在山泉、溪水里看见过自己的面影，但镜子里的他，连头发、皱纹也特别清晰。

店主说：这是镜子，我这铺子里的镜子，照啥是啥，反映逼真，不走样，不变形。

阿根让开。发现货架上的物品也进了镜子，镜子的内外、形状、颜色都一模一样，好像存在重样的一个店铺。

店主用一块绒布擦拭了一下镜子，递到阿根的手里。

阿根估算出镜子所照东西的重量，他像接一堆重物一样，摆出架势，可是，双手接了镜子，疑惑地说：这么轻？

店主说：好移动，你老娘也可以很容易地拿起照一照。

阿根拿着镜子，在铺子的货物间走了一遭，所到之处，他都将镜子对着货物，观察镜里镜外的东西是不是一致。

店主又招呼另外一个客人。

阿根不但让镜子照了清单所列的东西，而且，照了他认为家中的女人们一定喜爱的东西。然后，对着镜子，用袖子擦了一下镜面，就得意地笑了。镜子里的他也对镜子外的他，得意地笑。好像双方很默契。

店主微笑地送走了那个人，转身，微笑着说：都看好选定了吗？

阿根用袖子擦一擦镜面，像是关下的一个箱子的盖子。

已咬准了新鲜的名词，说：就要这面……镜子。

店主提醒他：那个清单上的东西怎么说？

阿根说：上山的路难走，那么多东西很重，有这面镜子就够了。

店主似乎失望，还是赔了笑脸：你走好，下回再来。

镜子装在一个布袋里，扁担可当拐杖。走上山，脚生风。那个杂货铺子，那么多东西，尽在一面镜子里，仿佛他背着一个杂货铺子，应当重，却如此轻，要啥有啥。他模仿起城里人的吆喝，现学现卖，自得其乐。

老娘、妻子、女儿（三个如仙女的女儿）托他买的东西都有了，没点的东西也带回了——还亲眼看见了意外喜欢的东西。尽管在镜子里各取所需。花小钱，办大事。我成了杂货铺的掌柜了，他竟说出了声。

阿根小时候，奶奶曾讲过类似魔镜的故事，许个愿，镜中显，也是要啥有啥，那个魔镜竟然城里有，还那么便宜。不过，奶奶用的不是"镜子"这个词，反正指的都是能照见和容纳东西的物件。

阿根嗓子不好（他为女儿骄傲，女儿的嗓子，一唱起歌，像山泉流淌），却哼起了山歌。一阵清凉的山风吹来。山林喧哗，鸟儿叽喳。他突然停唱，回头望蜿蜒的山路，担心店主发现镜子的奥妙——杂货铺子里空了，就会追赶上来。

亭子里有个贼

郑屠夫做狗肉生意，兜里有了闲钱——富了。他喜欢附庸风雅，打算挤进文人圈。他的本名叫郑敬文。他曾做过诗人的梦，当初穷得叮当响，还有过偷鸡摸狗的劣迹。现在，他终于有了底气，而且，富态了。

有句贬义的俗语：挂羊头，卖狗肉。他偏偏冲着这个话，在铺子里挂起了羊头——那是特意制作的一个标本。料不到，狗肉的生意格外地好。他说：这年头，我经营的是那句俗语的本意。不过，小城里的几位诗人不待见他，因为，他要显摆，常常自以为是地念别字。比如，"和谐"他念成"和楷"。他说：我就是要跟你们"和楷"——被纠正过来，他还故意念成别字。吃了他的狗肉，喝了他的老酒，好像他有了权威，几个诗人也故意附和，生硬地咬定那个"和楷"，惹出笑话，其乐融融。

这一回，郑屠夫发起一场诗会。选择一个与诗词相配的环境，他做后勤保障，地点由诗人确定，饮酒吟诗，不亦乐乎。而且，他承诺，此次活动的成果，汇编为一本诗文集，由他出资，印刷发行。

一行九人，来到了牡丹亭。亭子在山路旁，漫山遍野，正值牡丹花开的季节。赏花饮酒吟诗，一个绝佳的好地方。郑屠夫一时间，以为进入了梦境。只听说：没来过，却眼熟。

他记起，多年前梦见过。可见，诗人的梦想在远方。

显然，八位诗人（自诩为"八仙"）已来过。一位成就最高的诗人，让郑屠夫欣赏作品，建造亭子的人，特约他写的《牡丹赋》，刻在亭子中央的一块花岗岩石碑上。

那位诗人问：你梦到过这块石碑吗？

郑屠夫说：在梦里，我光顾着欣赏牡丹，亭子纳凉，忽视了这块石碑了，很可能，我做梦时，还没立这块碑吧？

诗人有意让他"指正"，一副谦逊的样子，毕竟，走山路，累了，想放松一下精神。

郑屠夫稍微俯身，背手，一本正经地开始欣赏，突然说：这亭子里有个贼。

诗人们面面相觑，好像怀疑，他们中间有一个贼。

郑屠夫认真地指着石碑上的文题末一个字，仿佛逮了个正着，说：打着牡丹的幌子，行偷窃的勾当，这不，明明刻着一个"贼"字吗？

诗人们顿时放声大笑。竟然不是人，是字。

那个撰写《牡丹赋》的诗人说：敬文，不是贼，是赋。另一个诗人笑着补充道：贝字旁，你把武当成戎了。

郑屠夫对着石碑摇了摇头，似自言自语，说：富（赋）倒确实是富（赋），可猛眼看去，总有点贼的样子。

那个诗人说：恐怕你的心中有贼吧？

郑屠夫击掌——那是拍板，故意不念成"赋"，说：这个贼收进集子里了。

一面镜子

有时，婆婆莫名其妙地突然冒出一句：你就是寡妇的命。

媳妇不响。再咒骂也没用了，结婚不到一年，丈夫就病故了。

刚嫁进来，她就领教了婆婆那张刻薄的嘴，动不动就骂。她不还嘴，婆婆骂得更来劲。有一天，她去河边挑水，路窄，不平，桶里的水激荡，挑回家，剩下大半桶。

婆婆就说：你就是寡妇的命。

那句话，让媳妇心惊胆战，像丢了魂一样，立在缸边发愣，总有一种要出事的感觉。

丈夫恰巧听见，说：妈，你这不是咒我吗？

婆婆说：我想到，我命苦，你一岁时，你爹就死了，丢下我们。

村里人知道她的嘴毒，而且灵验，都避开她，生怕她不高兴了，说出伤人的咒语。她的丈夫死了，后来，儿子又死了。媳妇闻知，父母死了，已是葬入坟墓后，她要去祭扫。媳妇想在墓前哭一场，还备了冥钞、红烛。

可是，唯一的弟弟拒绝告诉她父母的墓址。弟弟生怕姐姐有怨气，向父母倾诉，在父母的墓前发咒，那会对子孙不利。

婆婆孤寂，媳妇守寡，婆媳俩相依为命。有媒婆悄悄地劝媳妇改嫁，但她不忍丢下婆婆。村里人替她可惜：善媳妇碰上了恶婆婆，还生活在一起。

婆婆以为媳妇舍不得这个家的房子和土地——也就是一亩多薄地。说起话就难听，她认定媳妇"肚子里打盘算"，话一狠，就冒出那句：你就是寡妇的命。

媳妇实在郁闷，就到丈夫的坟头哭一次，只是抽泣，然后，到河边洗了泪脸，一切照常。她宁愿饿着，也让婆婆先吃。婆婆的胃口很好，好像跟饭菜赌气，吃得不剩。

婆婆像是终于支撑不住，病了，还很重，卧床不起，骂的力气似乎也没有了。

媳妇嫁进来那么多年，还是第一次见婆婆如此平静，她害怕，又要发生什么事儿了。她倒是希望婆婆能开口骂一骂，那表明婆婆的身体有好的转机。

一天深夜，婆婆突然开口，说：我好不起来了。

媳妇端起亮着微弱的灯苗的油灯，给婆婆掖掖被子，她已不习惯婆婆这么柔弱地说话。她也开口，说：睡一觉，做个好梦，会好起来呢。

婆婆说：我的嘴发苦，想吃点肉。

深更半夜，哪里能买上肉？媳妇听说过孝子割股肉当药引子，唯独没有听说过女子有过此类的做法。

整个村庄都沉浸在梦乡里。她记起，确实长久没有闻过肉味了。维持着油灯的亮光，是婆婆竟然恐惧起黑暗，仅有一点积蓄都花在油灯里了。

媳妇割下自己手臂上的一条肉。一是满足婆婆的要求，二是兴许能治婆婆的病。

婆婆闻到肉香,顿时像挑了灯芯一样,精神振作起来——连汤带肉一起吃掉,然后,问:哪来这么鲜的肉?

媳妇迟疑了片刻,说:我吃过了,剩下一碗。

婆婆像是长了力气,咒骂道:你藏着……你就是寡妇的命。

她觉得丈夫还活着,仿佛那一刻,灵魂出窍。天刚亮,她忍着痛,恍恍惚惚去挑水,没回来。

村里去挑水的人,发现河边她的尸体。岸上只剩一根扁担,一个水桶,可能是滑入水中了。可是,发现她的手臂上,齐齐地缺了一块肉,刀割出的痕迹,伤口还渗出鲜血。

婆婆看见被抬回的媳妇的尸体,望着晨空说:老天呀,我这张臭嘴,我作孽……就是寡妇的命。

儿子的墓旁增加了一座新坟。

孤单的婆婆买了一面镜子,她闭门不出。一日三次,她对着镜子——镜子里出现她苍老的脸,她咒道:你就是寡妇的命。放下镜子,她说:该死的是我呀。

唱　账

桂花虚岁十八那年，父亲给她庆生，出钱请了个草台班来村里演戏文。一则，父亲是个戏迷，相邻的村演戏文，他也会带着女儿赶过去；二则，演戏文，十里八乡的人也会赶来，借此，可物色一个女婿，而且，凭自己的家底，最好让女儿嫁个做官的人。

父女俩相依为命，女儿出生时，桂花开得正旺，妻子难产，已故。他未曾续弦，续弦只怕后娘亏待了女儿。他开着唯一的一爿杂货铺，卖水产为主，兼售日常生活用品，生意不错。女儿舍不得离开父亲，表示要嫁，也得招个上门女婿。

女大十八变，越变越喜欢。桂花长得很娇美。父亲心里很焦急。

父女俩一看戏，就入了迷。戏台上，那个官，相貌俊，还气派。审起堂来，多威严。入堂者，纷纷给他下跪。戏过了高潮，父亲干咳一声，问：桂花，台上那个官大人如何？

桂花还没从戏文中脱离出来，她看一看父亲，好像是嫌父亲干扰了她看戏文。

父亲悄声说：你要看中了，就点个头。

桂花羞红了脸，说：爹，那是戏文。

父亲说：他不可能一天到晚都在戏文里吧？

戏散，父女俩来到后台。演审堂的七品芝麻官已卸了装——一个英俊的后生。

父亲邀请那个后生吃夜宵。女儿发现，父亲和那个后生竟喝得如久别相逢的人那样。父亲喜欢，演戏和官员，这两点后生都具备了。

酒过三巡，一团和气。后生吐露了境况：戏台上他常演各种官，可家里穷得连食盐也吃不起。

父亲提出，要招他做上门女婿。后生念白似的说：你的女儿长得如花似玉，我只怕高攀不起。

父亲说：只是要委屈你了，不能再跟戏班走四方了，还是要过安定的日子嘛。

不久，就成亲了。桂花惊奇，丈夫的戏演得那么好，却是个文盲，且口拙。丈夫透露了秘密：班主给他念戏文，他听一遍，就能记得九不离十。

女儿对父亲隐瞒着丈夫的秘密。不过，平时女婿跟岳父说话，短了像念白，话句一长，女婿就说：我给你唱吧。

边唱边做，仿佛戏文转入了现实。岳父称赞说：在家里，你随便，只能当成一个爱好了，可惜我们只会看不会演。

杂货铺的生意越发好了。许多村民没见过"大官"，就来看演过"大官"的上门女婿。逢了话长，他就在柜台里唱，日常生活的话，他唱得有板有眼有滋有味。他老少无欺。

一天，岳父到邻村去收账，叮嘱女婿：好记性不如烂笔头，卖出的货，每一笔都要记账，我回来就结账。

女婿知道岳父有意把杂货铺交给他来经营——起码，得先会记账。往常，他在后院里做豆腐，尚未拿过毛笔。遇上岳父要他写字，妻子会替他打圆场。

闻悉只有他站柜台，来买东西的很多。那一支细细的毛笔，比戏文中的大刀还要沉重。他知道物品的名称，却不知如何书写。灵机一动，把鳗鱼画成长长的一笔，像念台词一样念：长的是鳗鱼。

一个老人来买一斤泥鳅。泥鳅和鳗鱼形状上如何表现？画得短一些就是了。他用毛笔在账簿上画了一笔，就念：短的是泥鳅。一个老太婆来买豆腐。他画了一个正方形，边画边念：四角方方的是豆腐。午饭时，一个小男孩来打酱油。酱油发乌，他在账簿上画了个漩涡状，念：糊里糊涂是酱油。下午，一头猪，只留头了，有人来买猪头。木匠使用的推刨不就像猪头吗？他在账簿上画了个推刨。

岳父在外吃过晚饭，赶回来，天已黑。拿着账簿，账簿上尽是方、线、点、圆，大小长短、粗细不等。横看竖看，看不懂那些符号，就说：你说一遍今天记的账。

女婿似乎来了戏瘾，他站入柜台内，仿佛柜台是戏台，双手一拱，念：岳父大人啊，且听女婿一一道来。

女婿开唱——西皮流水板，将一天记的账，一口气就把只有他认得的符号转化为实际的物品唱出来。末了，双手一拱，念白：岳父大人呐，此账目记得可清楚？

妻子用手掩嘴，笑得时不时弯腰，但不笑出响声。

一声"岳父大人呐"，把岳父唤出戏，说：哎呀呀，到底戏中做官做得气派而又严谨，记账也有一套独特的方式，你能够把平平常常的物事都唱成戏文呀，这就难得了。

虫　眼

　　老宅院大门的门额挂着书有"竹苑"的匾。城内罕见竹子，仿佛把竹子都圈进院中。院门到居室，有一条夹在竹林中的鹅卵石铺的小径，蜿蜒的小径恰对着居室的窗户。

　　男主人常年在外跑单帮，女主人常年足不出户，她喜欢静，"竹苑"倒是闹中取静。她有一个贴身丫头，出嫁时陪过来的，像是姐妹。婚后五年，未曾怀孕。

　　女主人的生活很有规律，每日，有两件事必不可少。一是赏竹子。有时，看风中竹林，她会出现幻觉，但是，放飞想象，她很快收回。竹子仍然是竹子。她相信自己的眼睛。二是吃汤圆。院门前，是小吃一条街，各种各样的小吃都汇集在沿街的店铺里，她固定地选一样，家乡的猪油汤团，黑芝麻馅。春夏秋冬，她都有午睡的习惯，准时醒了，吃一碗，五个。还是固定的汤圆铺子，由丫头去端，记账。

　　有一天，她看见挨近窗前的一根青青的竹子，似有一点黑色的虫眼，她用鸡毛掸子一触，虫眼消失。原来是一只飞走的苍蝇。

　　随即，她望见小径出现丫头的身影。似一个梦。丫头捧着一个青瓷碗，忽然止步，伸出手指，分明捞出一个汤圆放入嘴。她还是第一次看见丫头"偷吃"。丫头竟然也喜欢汤圆。平时，丫头忌甜腻的食物。

女主人离开窗口。往常，五个汤团一碗，今日缺一个。她突然对相处多年的丫头有了陌生感。嘴馋也不该偷吃呀，不过，丫头照顾她无微不至，她就暂且不提了，只是生了个心，日后得注意——不仅仅是一个汤团的事儿。

丫头问：夫人睡得可好？

女主人说：还好。

第二天，午后，丫头踏着时间，端着汤团，出现在竹林中的小径上，步子均匀，如随风飘飞的竹叶，载着光亮。斑斑点点的阳光从竹子的间隙中穿过，落在光滑的鹅卵石上。

一碗汤团，有六个。女主人看得分明，却也诧异，说：叶子，怎么多出了一个？

丫头叫叶子，她说：昨日，店里生意好，少了一个，今天补上了。

女主人脱口说：昨天我看见你在竹林中吃了一个，你想吃，往后，多买一碗就是了。

叶子笑了，说：夫人，昨天，是一阵风把一片竹叶吹进了碗里，可能是竹叶馋汤团了，我取出蘸有汤汁的竹叶，扔了太可惜，随手放入嘴里。

女主人笑了，说：你那表情，却是味道好呢。

叶子说：那算是吃汤圆吗？

女主人说：我这眼睛。

叶子说：夫人，你的眼睛不舒服吗？

女主人说：我一向很自信，人说，眼见为实，看来有虚的成分，幸亏没责怪你。

叶子说：夫人，你的眼力向来好。

女主人的眼里，叶子又是原先的叶子了。她说：叶子，是不是我待在竹苑久了？比如，欣赏竹林，常常出现虚幻的东西。

当晚，男主人突然归来，比预定的时间提前三天——一个可靠的客户竟然破产，可事先一点迹象也没有。那一船货物，等于羊落虎口。

女主人说了丫头叶子的事儿。她说：我怎么会把竹叶看成了汤团？我差一点就冤枉叶子了，你不是也称赞我的眼睛好吗？可我还把苍蝇错看成了虫眼，我开始对自己的眼睛警惕了。

救 驾

那天晚上，皇帝阅《补农书》。他有夜读的习惯。《补农书》偶然传入皇宫。据太监说，此书是南方农业生产技术集大成，已在民间流传甚久甚广。皇帝第一次知道《补农书》的著者杨园。写得有趣有理，一看，就爱不释手。

（张履祥，1611—1674 年，字考夫，号念芝，桐乡县炉头杨园村之人，故称杨园先生。明末清初的儒学者、农学家。）

皇帝被《补农书》带入，读得有滋有味。他一向到了时辰，就吃夜宵——一碗洋葱面，可他好像已走进书中的田园，经历着春夏秋冬。面凉了。

（杨园在住宅旁，开辟了一个园子，种花木、种稻麦、种瓜果。还时常请教老农。还养家畜。这些，《补农书》里均有记载。）

太监热了一次，再送上来，恭恭敬敬立在一旁。皇帝终于抬起脸，仿佛相见恨晚，说：妙。太监趁机提醒皇帝那一碗面。

那一碗面又凉了。似乎书可饱腹，皇帝说：我不饿。

太监一时不知拿一碗面如何是好。

皇帝说：倒给狗吃吧。

狗静卧在门外。不一会儿，太监仓皇进来，跪在皇帝面前，浑身颤抖，如风中的树。

皇帝大惊。那一条狗的鼻、嘴、眼、耳流出了鲜血，已气绝。

寂静的皇宫顿时大乱。

皇帝抚一抚《补农书》，笑了，说：朕此次化险为夷，幸得杨园先生救驾，朕要见一见他。

太监退出，不一会儿，返回，禀报：人已不在，唯有书在。

皇帝当即传下圣旨，命桐乡知县整修杨园先生的坟墓。并要求，每年十月初十为杨园先生的祭日，委托知县前往杨园墓祭扫。

（同治十一年，即1872年，桐乡知县奉旨建圣庙，此为读书人的至高荣誉。杨园生前著有《愿学记》《读易笔记》《补农书》等十余种。）

皇帝派人将所有杨园的著作都收集入皇宫，放在案头，夜读。他还巡视南方的农业。救命恩人《补农书》（他已将书视为人了），他重读过数遍，每一遍他都有发现，有感慨。夜宵照常，只不过，由太监把关，先尝过。

入 戏

晚饭后，陈育良在运河边散步。朦胧的夜色中，传出一阵一阵女人凄哀的哭泣声。

陈育良再过三年就是而立之年了，却还打着光棍。他是个种田的好手，平时，爱管闲事。白天劳累，傍晚散步。散步时感觉自己有了城里闲人的雅趣，脱口会来几句戏文中的唱词和念白。

死了人才有这般哭声。循着哭声，他看见河边泊了一条船。他登上了船。探头看船舱，有一女两男。

时值明朝末年，崇祯年，前往苏州上任的府台大人突发疾病，死于船上。另一男人是府台大人聘请的绍兴师爷。哭泣着的是府台大人的夫人。陈育良安慰夫人：人已死，哭也无用，我帮你料理后事吧。

一时间，陈育良仿佛进入了戏文。他喜欢戏文。草台班来村里演戏，大户人家出钱，他一场也不落。现在，他看见戏文里那样的大官，却死了。他跟师爷悄悄地说了自己的想法。夫人已不哭。他又把想法对夫人重复说了一遍。

府台夫人一听他要冒充府台前去上任，就吃了一惊。

陈育良说自己未婚，暂做表面夫妻，绝不强求。他只是想上城里（看了那么多场戏文，似乎该进入角色了）。他和师爷商议了一夜，其间，在河边他的地边埋葬了府台大人，立了一块墓碑，师爷替他写上了"陈育良之墓"。

毕竟已看熟过戏文里的大官，陈育良摆出架子，仿佛真的成了府台大人。

恰逢苏州久旱无雨，颗粒无收。他深知百姓疾苦，就采取了两项措施：一是运河引水，清理渠塘；二是开仓放粮，救济灾民。

私下里，师爷也佩服他，越做越像府台大人了。师爷有一手好笔墨，他有一脑好主意，两人配合得很默契。偶尔，师爷也提醒他，不可表现出农夫陈育良的言行。种田时，他总是喝点酒，不多，二两。府内，都知道他讨厌官场上的应酬，他滴酒不沾，逢有敬酒，师爷代他喝。渐渐地，府台大人的角色已挤掉了农夫的习惯——举止、言谈，渐入佳境。他体恤百姓，为民申冤，深受爱戴。一晃三年，夫人也成了他这个府台大人的夫人了。连巡抚衙门都称赞他会当官，治理有方。

可是，陈育良梦中不知种了多少遍的庄稼。多次梦中，穿着府台大人的官服，登台演戏。他还梦见给"自己"上坟——那是对夫人的承诺。

陈育良总是回避"上边"来的官员。师爷劝他：躲得了初一，躲不过十五。但他的心里还是发虚。终于有一次，巡抚大人突然驾到，事先没通知。

仓皇之中，陈育良撩袍相迎。熟稔官场礼节的巡抚大人看出了破绽。幸亏师爷替他遮掩。当晚的酒席上，巡抚大人提出对酒作诗。

师爷去取文房四宝。陈育良立刻想到，不久前的一个焦虑的梦，文房四宝，已摆齐，有个威严的声音要求他作诗，写下来，唤师爷，不见回应。

陈育良婉拒巡抚大人的敬酒，说：请大人原谅下官，喝了酒，我头晕。

此刻，师爷捧着文房四宝进来解围，对陈育良说：大人，你饮酒过量了，暂入内歇息片刻，醒醒酒，便可与巡抚大人对诗。

巡抚大人用陌生的眼光瞅着陈育良，说：你喝过了吗？未饮先醉了？

师爷不知陈育良拖延着，未曾喝过手中的那一杯酒。

陈育良说：我连酒气也闻不得。

巡抚大人顺水推舟，说：师爷扶他去后堂醒酒吧。还说，改日我一定要测测你的酒量。

那一夜，似乎又回到了船舱那一夜，陈育良和夫人、师爷三人商议这个官要不要当下去。陈育良像演了一场戏文，高潮已过，说：混不下去了，巡抚大人的眼光很毒。

陈育良回到老家，田地荒草丛生。他又有了农夫的感觉。好像一场戏文演下来，带回了一个夫人，夫人倒是安分、认命。

可是，冒名顶替府台大人的消息传得很快，村里人也知道了，说他是从戏文里走出来的人。草台班子很快编了一个以他为原型的戏文。

陈育良好奇，特意去看人家如何演他。他接受不了丑化：

拿着折扇的白鼻子，还有尖着嗓子的念白。他忍不住到幕后，跟班主理论，说：我是不是白鼻子？班主邀他入伙客串，自己演自己。

陈育良的戏瘾上来，就剩下这一点乐趣了。他用自己的形象否定设定的白鼻子，引起看客的喝彩。那么多年的感觉，全都浓缩在短暂的戏台上了。

一天，下大雪，村里骚动。陈育良闻知官兵入村，巡抚大人获悉了他的下落，前来缉拿。夫人说：都是戏文惹的祸。

溜出后门，官兵追来。他和夫人分开逃跑。官兵对他紧追不舍。已不可往雪野里跑了，他将钉靴倒套在脚上，逃入一家农户，都是同乡父老，让他躲进灶间。他向主人匆匆交代几句。

官兵依靴印追进。主人指一指院门前雪地的足印，说：岂敢窝藏罪犯，他一进院子，就被我撵出去了。

雪地里的靴印，靴头朝外，官兵沿着靴印追去。

追到河边，河边上摆着一双钉靴。河面无船无人，两边无树无路，也没有脚印。水中漂着一顶毡帽。官兵查看，显然是跳河了。问那个带路的农户。农户脱口说：村里人都知道他是个旱鸭子。

洁白的羽毛

崎岖的山道上，如蚂蚁般的民工，吃力地背着石头，仿佛石头长了脚，慢慢挪动。时不时响起佩带战刀的士兵的催促：快，快。陡峭的山脊，垒砌起的长城的墙体，像卧在山顶上巨型的蟒蛇，望上去，衬着蓝天，蟒蛇似乎微微摆动。

突然，一朵白云飘过来，在长城上稍稍停留，沿着山坡降下来。起初，有的民工以为是棉花垛。

白云飘过民工的头顶，有棱有角的石头好像罩上了白色的轻纱，留下发亮而又湿润的痕迹。仿佛密集的民工穿过乳白的雾气一样。长脚的石头往上挪，神秘的白云往下飘。

过了半山腰，白云似乎消耗殆尽，渐渐淡，渐渐小，消失在山脚上来的挑泥沙的民工队伍中。

白云自上而下过了一遍，似乎给山道上的民工注入了力气。石头、担子，移动得轻快起来。

佩刀的士兵还是头一回看见这种情景：压在民工背上的石头，明显地轻盈了，好像背着一包棉花，而且，民工的表情也反映出石头的轻，步子也传达出石头的轻。

带兵的官员琢磨不出到底发生了什么奇迹。他发出歇息的命令。

民工轻易地卸下背上的偌大的石头，也一脸疑惑。

那个官问：石头怎么突然轻了呢？轻得像那羽毛一般，

你们长翅膀了？挑担子像扇动翅膀那样。

一个年长的民工说：老天爷体恤我们的苦累呀。

一个年轻的民工，像孩子发现有趣的东西那样喊起来：爹，你的背上长羽毛了。

年长的民工接过年轻的民工手里的一支羽毛，说：是你从老家带来的吧？这里不是玩的地方。

仿佛是个提示，一到山道上，坐和站的民工都惊奇地叫了。每个人背上都有一支羽毛。好像谁发放的一个标记。

洁白的羽毛，在风中微微抖动。有人猜是鸡毛，最后，还是权威发言，一个家在南方、养过鸽子的青年民工说：这是鸽子的羽毛，还是白鸽。

士兵和民工都望一望天空，骄阳、蓝天，没有一丝云，也没有一只鸟。

官员发令：背石上山。

民工惊奇，石头在地上，恢复了石头的沉重，可是，石头背上，转变成羽毛的轻逸——毫不费劲。似乎那一支羽毛在承担石头的重量。

造长城的进程加快了。可是，那个官员还是认为有蹊跷，他弄不懂白云和羽毛的关系，但是，所有民工背起的石头都轻飘飘了，轻飘飘的石头筑起长城，幻觉中，他仰望的长城仿佛随时可能像巨龙一样腾飞起来，那么，最后还得追究到他的头上。

是吉是凶？那个官一喜，此段修筑长城发生的奇迹，禀告皇上，必定有重赏。退一步说，有了灾祸，责任也不在他了，他上报及时呀。

十万火急，快马传报。很快有了急函：秦始皇大为惊恐，因为一支小小的羽毛，竟有那么大的力量？绵延的长城修筑工地，纷纷传来民工的怨愤，有造反的迹象。

皇上发旨：搜集起所有民工特有的羽毛，扎起，速送、甄别。

那个官员，立刻让军队封锁了所管辖的那一段长城，所有的民工不能出，也不准外人进。然后，要求民工交出羽毛，交不出或不交出者，斩首。

羽毛与民工的数量相等。所有的羽毛都集中起来了，那一堆蓬松的羽毛，出现了骚动，好像跃跃欲飞。

那个官员手持战刀，命令士兵把羽毛用一块土布包裹起来，准备快马送给皇帝——他要亲自押送。

突然，羽毛仿佛感到恐惧和威胁，收缩、聚拢，渐渐缩小，渐渐紧密。

还不等士兵去捧，一朵白云在他们中间飘升起来。

周围的民工仰望，一朵白云腾空而起，跟飘来的那朵白云相似。

士兵们持刀追出来时，白云已高高在上了。士兵不敢追，因为，白云下边是悬崖峭壁。

众人都说：那白云，形似一只白鸽。那个在家乡养过鸽子的青年民工说：我听见了鸽子搏击翅膀的声音，很有力，可能是我家乡的鸽子来传递什么消息了。

撞煞水

茶农叶又春刚一落座，茶馆老板就端出一壶茶。

以往都是跑堂的来送一壶茶。可是，每一回茶水一入口，叶又春总是说：都说吴山第一泉，怎么也不及虎跑水。

叶又春在虎跑的山岙里种茶，常进杭州城卖茶叶。他的茶叶，都由固定的商家收购，茶叶出手后，他要到城隍山的茶馆里，散散心，歇歇脚，喝喝茶。城隍山茶馆以"吴山第一泉"招揽茶客，每一次，茶馆老板听见叶又春的话，窝在心里，不好发作。起初，他不把山里人放在眼里，不过，贬低吴山第一泉，不是损我的生意吗？

毕竟叶又春是老茶客。城里人都知吴山第一泉，谁知道虎跑水？老板不跟茶农一般见识，但虎跑水成了他的心结。

叶又春一盅又一盅，一连三盅。那样子仿佛嫌茶盅小，不过瘾。

老板站在一旁，微微笑着，就等候他当面说出那句不知说过多少遍的话。

叶又春还是第一次享受老板亲自送茶水的待遇。过去，老板总是热情地给有来头的人送。他说：这水不错，有点山里虎跑水的味道。

老板恭敬起来，问：你看见过城里人到山里去过吗？

叶又春说：有过。

老板脸上的笑容顿时消隐，说：什么时候，什么模样？

叶又春说：前年，茶叶商来看我种的茶园，看了就放心了，我定期送茶。

老板的脸上洋溢出笑，说：你可知道？每次你到这来喝茶，总是要说那句我不舒服的话。

叶又春说：我也是随口说说。

老板认真起来，说：你随口一说，我可当一回事了，你说话爽快，我也不拐弯了，我特地差了人进山，取来虎跑水，试一试你究竟能不能尝得出来，果然不虚。

叶又春摇头，说：可惜，可惜，可惜是壶撞煞水。

老板一怔，疑惑地问：啥意思？

叶又春说：从虎趴的溪流中取了水，山路曲曲折折，上上下下，水在桶里晃晃荡荡，碰碰撞撞，这样的水，就叫撞煞水。

老板听出了奥妙，说：不妨这么理解，山里那平静的水，经不住一路的动荡，动荡了水就变味了。

叶又春：平静？虎跑水在山里很活泼很淘气呢。

老板说：你像是说一个可爱的小孩。

叶又春似乎被唤醒了孩子气，他卷起袖子，掏出铜钱。三枚铜钱，一枚一枚投入茶盅。茶水高了茶盅，形成一个凸弧，水胖起来，竟不外溢。好像盅是一张嘴，吹出一个大泡泡。

老板跷起大拇指，他发现，周围有许多人跷起大拇指。本来，茶馆里很安静，茶客顾自喝茶，不知什么时候，都好奇地聚拢了。有讲究的茶客，品尝了壶中的虎跑水沏的茶，说：那水泡出的茶，清香可口，味醇润喉。

叶又春笑得像个孩子，显出不好意思，对老板说：我这张嘴，多有得罪。

老板唤来伙计，说：往后，我们这个茶馆专门汲取虎跑水泡茶。

叶又春接上话茬，说：喝撞煞水？还不是虎跑水真正的味道。虎跑水怎能远离虎跑山岙？

有个老茶客说：山水山水，相互依存，喊山，山不过来，索性走向山。

老板一拍手，说：好点子，就在虎跑山里开个茶馆，各位听好了，到时候，进山捧场，我们就不用喝撞煞水了。

耳中碎银

妙龄女子特来妙法禅师处求诊。只说耳聋，不报姓名。

女子眉清目秀，已到谈婚论嫁的妙龄，有媒婆频繁上门来提亲，男方都是大户人家的公子。总不能聋着耳朵出嫁吧。病急乱投医，悄悄地请过数位郎中诊断，查不出什么原因，至多，掏掏空空的耳朵，可女子仍旧听不清外边的声音。家人隐瞒着她耳聋的秘密。

听说，妙法禅师医术高明，诊病很灵，很多疑难杂症，能够"妙手回春"。

妙法禅师看了看她的耳朵，大声问了一句。

女子迷惑地看他，摇摇头，说：我听不见。

妙法禅师提起毛笔，展开宣纸，写：平日有何兴趣？

女子脱口，大声说：我喜欢听银子的声音。

妙法禅师又写：府上的银子吗？

女子大声说：我家所在的那条老街，几乎是门对门，街的对面有一个钱庄，从小，我去钱庄玩耍，听柜台上清点银圆的声音，渐渐喜欢上了。那是美妙的声音，听久了，别的声音都听不见了，只能听见银圆的声音，以至于，娘喊我回家，就用两个银圆，相互撞击，代替呼唤。

禅师又用笔问：现今还能听见吗？

女子摇头，说：今年，我完全失聪了，连银圆的声音也听不见了。

禅师凑近她的耳朵，分别吹了三口气，问：可听见我说话？

女子一脸喜悦，笑起来，像花蕾舒展开了那样，说：听清了，听清了，大师，妙口，妙口。

禅师敲了三下木鱼。

女子说：听见了，大师，我的耳朵里堵塞了什么？

禅师说：耳内积有许多碎银子。

女子说：我又没往里塞过，何况，也塞不进呀？

禅师说：银子有形有声，你取的是银子的声音，久而久之，声音就凝结成耳垢，但表面看，看不到，那是无形之垢。

女子秀眉上闪烁着喜悦的光泽，她说：这一下，父母不会发愁了，我也不再心烦了。

禅师说：你不是说那是美妙的声音吗？何来心烦？

女子说：大师，那都是钱庄的银圆呀，不是我的银圆。

禅师微微一笑，然后，合上眼睛，敲击木鱼。

女子不走，听了一会儿木鱼的声音，终于问：大师，耳内碎银消除了，会不会还会堵塞？

禅师睁开眼，说：你还牵挂那美妙的声音吗？

女子说：可是……我……

禅师说：心造耳收，心放下，耳自净。仿佛此话由别处传来。木鱼声已响起。

女子疑惑，之前的数位郎中怎么看不出堵塞在耳中的碎银？伴随着木鱼有节奏的声音，她悄然退离寺院。

石香炉

来老庙的人大多数都有学问，有些还满腹经纶。起码，来的人，必定认识字。因为，玄机藏在字中，有多位路过此地的穷书生，想发财，也来看。

老庙小，且旧，长期没修缮。庙内有个香炉，纯粹的石材凿成，已老旧，漆过。石香炉上刻有字，廿五个字：上七步，下七步，中间七七步，财宝就在路中藏，看你是否识得破。

那字面的"财宝"，年复一年，不知吸引了多少识字的人。老庙离运河不远，每天来来往往的船（客船、商船、官船、渔船），在简易码头稍作停留。在码头可以望见小小的老庙。出了名的倒是老庙。

多少人信心十足地赶来，看了香炉上的字，就按字上所言，加上自己的理解，在庙前或庙后走，已踩出了一条明显的凹痕。多少人仿佛受了戏弄一样，恼怒而又心灰意冷地离去。就有了传言，那是老庙的一个招引香客的诡计。

有一天，一个漆匠乘船路过，听船老大说起老庙香炉，船上也有书生慕名上岸。他好奇，径直跟随着去了老庙。

识字的人似乎遵循一个约定，只顾看，不出声。书生不屑油漆匠，仿佛说：不识字，何必来看？！

漆匠确实大字不识，但他也看，不识字，只看炉。他绕着香炉，上看下看，远看近看。

庙祝过来，对漆匠指指天，指指地，说：想要发财，又不识字，我劝你，不必白费力气了，早有人，上边瓦片翻过了，下边的砖地也掘过了，前边路，已踩出一条槽了。

漆匠问：你进庙之前，香炉已在了吗？

庙祝说：很久以前就已在了，那时，我还没出生，应该是，第一个庙祝在，庙和炉就在了。

漆匠像拍瓜熟不熟那样，边拍香炉，边贴近耳朵。拍了个遍，听了个遍。他起身说：这尊石香炉，浑身都是裂痕，漆补过了缝。

庙祝说：我在这待了半辈子，看不出有宝物，也看不出有裂缝。

漆匠笑了，说：你把上边的字念给我听听吧。

庙祝说：对着香炉，还没人敢念出声呢。

漆匠侧头，把耳朵凑近庙祝的嘴，说：字能认我，我不识字，你就悄悄地对我耳朵念一遍吧。

庙祝一字不漏地说了，他早已倒背如流了。

漆匠的眼睛像孩童一样眨巴，仿佛耳朵把一个字一个字的声音装进那样。听罢，随即抬脚狠狠地一踢。石香炉被踢倒，一地碎散的石片。石片中滚露出两个金元宝。

庙祝一惊一愣，回过神来，端详一番漆匠，就问：你怎么识破了其中玄机呢？

漆匠笑着说：不是你说给我听的吗？

庙祝一声叹息，感慨万千，说：不知有多少人，肚里盛着墨水，来庙里，对着字横看竖看，都识不破，东走西走，都白费劲，偏偏你这个睁眼瞎，一听就听出了玄机，同样的字，人家看，你只听，到底听出了什么玄机？

漆匠毫不遮掩，声称不识字，但记性好。就复述了一遍：上漆补，下漆补，当中漆漆补，财宝就在炉中藏，看你是否踢得破。

庙祝乐了，用手遮嘴，说：你这听，实在是为你所用，什么都往你的手艺上挂靠，幸亏你的眼睛干净，你的耳朵能够误听。

漆匠发现他俩已被看客围住了（一张张遗憾的表情）。他爽快地给庙祝一个金元宝，揣进自己怀里一个金元宝，说：喏，一个是你念的报酬，一个是我听的所得，没你念，就没有我得，我该乘船去了。

石 磨

郑顺风是个跑客。替人跑脚，他不识字，但为人可靠，腿脚利索。

乌镇有个风俗，大户人家逢了喜事，婚礼、寿宴，主人邀请来喝喜酒的客人，先由账房先生列出一份名单，再由主人私下里叫一个跑客，给名单上的客人发送请帖。就生成了一个专业的行当：跑客。

郑顺风名字吉利。谁不想办事顺风顺水呢？大户人家的主人通常都叫郑顺风送帖子。而且，郑顺风的喉咙胖。这个"胖"，是指他的底气足，音饱满。似乎传达了主人家的底气。

有个人必请。他叫李乐，在朝廷为官，官至给事中，就是个谏官。他深受百姓爱戴。"凡民间疾苦，务必陈说"，就是如实奏禀皇上。他长着一副络腮胡子，加上又硬又黑的头发，给人以随时"怒发冲冠"的样子。得了个绰号：李毛面。

李乐触犯了皇上，充军回到他的家乡乌镇。削职为民，深居简出，生活简朴，粗茶淡饭，布衣草鞋。他是乌镇出过的最大的一个官，而且曾是皇帝身边待过的官。发配前，皇上看不惯他的胡子，令他剃净须，不得留。

那一天，郑顺风第一个送帖给李乐。喊了三声，随即传来慢慢的脚步声。

院门张开，一个穿着有补丁的布衣，头发花白的人站在门内，双手撑着门，像个乡村的老农。

郑顺风以为他是看门的，或是李乐的亲戚，响响地问道：李大人在吗？

李乐面无表情，似乎没听见，双手要合拢门。

郑顺风一脚踩进门槛，抬高嗓门，说：李大人就是李毛面，这里有个请帖，要亲手交给李毛面。

没人当着李乐的面叫过他的绰号。他知道，朝廷里获得的绰号已悄悄地跟着他回到了故乡。

李乐说：他不舒服，请帖交给我，我替你转交好了。

郑顺风递上请帖。他只知请帖的顺序，不知名字。一样的请帖，他生怕出差错，要求李乐代他看一下，再念一下请帖上的名字。

李乐一看请帖，也不念，说：哦，你家主人向我借一扇石磨，我家石磨一直闲着，这么吧，你带走石磨，我附上条子。

郑顺风体格健壮，他也经历过此类情况，送了请帖，客人会让他带点回礼。他只看李乐写得那么潇洒。没过脑子，磨有两扇，为何只借一扇？他背上笨重的石磨，出了一身臭汗，还试图向那的主人邀取功劳。

账房先生登记"回应"。他听郑顺风一说，一头云雾，有了豆腐，石磨何用？他展开纸条，上写：直呼李毛面，罚背磨一扇，背去还背还。

郑顺风准备账房先生登了记，再去下一家送请帖。

账房先生晃动着小纸条，说：你不讲礼貌，得罪了李大人，怎么可以当面叫绰号呢？给你写条子的人就是李大人。

郑顺风说：我看走了眼，怪我这张臭嘴。

账房先生说：赶紧把石磨还回去，当面向李大人赔礼道歉，要诚恳，李大人就不会计较。

仿佛增加了重量，郑顺风走近石磨，迟疑片刻，又转身，堆起笑容，说：先生，你是个大好人，石磨的事情，你就替我瞒住，让主人知道了，我还怎么在镇里跑脚呀？！

账房先生点点头，摇摇手，说：就让石磨烂在我的肚子里吧。

大公鸡

小镇有个打更的，是个鳏夫。别人睡觉，他打更，连个说话的人也遇不上，更别提接触女人了。有一天，中午，他醒了，睡不着，看见门口一群鸡。一只大公鸡率领一群母鸡，觅食、玩耍。简直像传说中皇帝的三宫六院——他羡慕妻妾成群的景象。于是，他发愿：下辈子托生，要成个大公鸡。

一天，他的梦里出现了一个山民装束的老头，说是你可许一个愿，只能实现一个愿望。他毫不犹豫说出了"要成个大公鸡"的愿望。随即老人消失，他一惊喜就苏醒。

夜色降临，打更的还没起床。那天夜晚没打更的声音。他进入了生死轮回，以大公鸡的形象出现在小镇，而且是在深夜。习惯了打更，他不再敲，而是"叫"，一更，二更，三更，他忠于职守的啼鸣，准确、响亮。

托身为大公鸡，他青春焕发，精神抖擞。白天，大公鸡也上街巡视。母鸡们上哪里去了？或许小镇的母鸡托生为人了。因为，镇里突然多了许多小女孩。

一个来镇里出售山货的老头看中了大公鸡。大公鸡眼熟，又想不起在哪里见过。终于，神态、装束使大公鸡想到前世的那个许愿的梦。

大公鸡像受了愚弄一样不悦。愿望实现了，母鸡们不见了。

老头一个人住在深山中，方圆十几里，没有人烟。一是让大公鸡打鸣，好掌握时间；二是让大公鸡陪伴，好打发孤寂。

大公鸡自叹命苦：打光棍的料儿。

如此好的条件，老头没养一只母鸡。

起码，应该替我着想吧？大公鸡又发愿，不过，很谨慎，一时吃不准该托生成什么？偶尔做梦，没人叫他许愿。仿佛被困住那样。大公鸡很郁闷，就把时间叫乱了，该叫的时辰它不叫，不该叫的时候它就叫。

老头被大公鸡叫得睡不踏实，白天黑夜，时间被叫颠倒了，埋怨道：你知不知道，你这样做，坏了自己的好名声。

两棵桑树

我们那一带，方圆几十里，从前，民间有个习俗，送子为僧。大多为贫寒人家，为生活所迫，以谋求活路；也有长辈久病，送子出家，还个心愿；也有笃信佛祖，送子入寺，以求超度。

官家、富家，难随此习俗。据传，唐朝丞相裴休就送子出家。房琯写有一首诗，流传下来："含悲送子入空门，朝夕应当种善根。身眼莫随财色染，道心须向岁寒存。"

可能儿子伤了父亲的心，裴休管束不了，无奈之下，选择此举。通常，都是穷人送子，而晚辈自行"投"，实属罕见。

唯独有一陈姓富户，其子，自己投寺为僧。

陈姓富户，家境殷实，样样不愁。年过四十有五了，只愁膝下无子。这一家财产传给谁？传宗接代，得有人呀。

终于生了个儿子，起名宝儿。夫妻俩捧在手心怕化了。要啥给啥，家中，上上下下都围着宝儿转。哄他吃、睡、玩。看宝儿的脸色行事，想着法子博得他欢喜。六月的天，小孩的脸。父亲当宝儿的马，母亲求宝儿的骂，心甘情愿地争取宝儿的欢喜。一不遂心，宝儿就发脾气、耍性子。他说一不二，迟缓了也翻脸。

渐渐地，没人敢去管束，也管不住宝儿。宝儿一直听顺耳的好话，一旦有逆耳的话，宝儿就翻脸。有一次，母亲被气得一口气没喘上来，死了。

宝儿不在乎父亲挣钱辛苦，只是伸手要钱——他在外边，出手大方。一天，父亲说：宝儿，你老大不小了，也该接手熟悉家里的生意了，我也撑不了多久，你不能这样游手好闲下去。

宝儿伸手，说：你给不给？别讲道理，我耳朵起茧了。

父亲为难，说：这么大数……你要坐吃山空呀。你当我是摇钱树呐。

宝儿说：不要等我亲自动手哦，你给不给？！

父亲说：你有本事，自己去挣一个铜板试一试？

夜晚，宝儿在一个小饭店喝酒，叫了几个人来助兴，还包了场子。饭馆掌柜看在他父亲的面子上，赊了账。

宝儿喝醉了，踉踉跄跄进门，到厨房，借着月光，摸住了一把菜刀，转进父亲的卧房，掀起帐帘，对准被子，连砍三刀。退出来。窗口吹来凉爽的风。顿时，他醒了酒。刀闪着碎碎的月光。

他扔掉菜刀，夜色里，想象刀刃上的鲜红。

闯下大祸了，可是杀父之罪呀。他翻找出碎银、衣服，背起个包裹，仓皇逃离。

躲在邻居家借住了一宿，第二天一大早，父亲回家，看见门敞开着，家中像是被小偷翻乱了，一片狼藉。幸亏那个小饭馆掌柜差店小二赶来报过了信，宝儿发酒疯，张扬着索老爹的命。

父亲反复念叨着：养不教，父之过。他特地去了一趟老伴的坟墓。没有儿子，盼儿子；有了儿子，遭罪受。他烧了冥纸，灰烬如同一群黑蝴蝶，翩翩飞舞。他说：我要找儿子，找回来，浪子回头金不换。

歇了业，遣散了伙计。带上盘缠，上了路。一年后，他开始乞讨。又一年，他里里外外，彻底成了乞丐。不过，他不在固定的一个地方停下来。他想象中儿子的样貌，也渐渐模糊了。

第三个春天，他已体力不支，拄着拐棍——一根松树枝，步履蹒跚，他不想抛尸荒野。有一条流浪狗，跟踪了他数日，似乎闻到了死亡的味道。他脑子里浮现出坟墓，那是一座双穴坟。他默默地念叨：老伴，我来陪你了。

于是，他走进一座寺院。投子寺，门上镌着石刻：古投子禅寺。离家不远了，十几里。

方丈获悉他寻子三年，就来面见这个老人。领老人来到后院，院内长着一粗一细、一高一矮的两棵桑树，像一对父子。树身有些弯，仿佛长期受北风吹落下的姿势。

方丈要老人扳树。老人扳直了矮细的那一棵。而又粗又高的那一棵，他连摇也摇不动。树大根深。

方丈说：树要小时候培育，大了就扳不直了。

老人满是皱纹的脸，像是久旱龟裂的土地，突然渗出水。他老泪纵横，嚅动着嘴，说：宝儿。

方丈下跪，磕头，口念：阿弥陀佛。

不多不少

两棵桃树，成熟的水蜜桃，摘下，刚好两竹篮，他数得准，一篮装了多少个，又能卖多少钱，算得精。每一次都不多不少。这个孤单的中年男人，挑着篮子，来到集市。选了个空位，放下。他不吆喝，涂了脂粉一样的水蜜桃，自会惹买主的眼。还有迫不及待的香甜气味已飘散开去，像无形的绳子去牵鼻子。

一个老头不知什么时候，站在了竹篮前，那白白的胡须，像掸尘，拂着水蜜桃。他舔一舔嘴唇，说：好桃，让我尝一个。

中年男人摆摆手，如驱赶苍蝇，说：要吃就给钱。老头驼背，竖起食指，说：别小气，尝一个嘛，桃饱人呀。

中年男人站起，说：没有钱，别碍事。

老头摇了摇头，叹了一口气，离去。

中年男人疑惑，这色泽，这气味，确实是好桃子，往常，一放下担子，就有人来买，可今天，来来往往的人，眼里没他的水蜜桃，连个问价的人也没有。他的眼前一阴。

老头又站在竹篮前了。白胡须如一挂瀑布，不知什么时候，一个水蜜桃已在他嘴边，咬进一口，嘴边的胡须沾着水珠般的汁液，还说：好桃子。

中年男人边出手边呵斥：脸皮厚，又来了，怎么不给钱就拿去吃呢？

老人像个淘气的小孩，灵活地一闪，仍原地不动，说：摘到好桃子，要有好脾气，我尝你一个桃，还你一树桃。

中年男人缩回手，说：算我晦气。

老人手中捏着一个桃核——竟吃得那么快，一副说到做到的神态，大脚指头在地上钻了个洞（中年男子发现他没穿鞋），然后，把桃核丢入洞中，脚板一侧，推了泥土，埋住洞。

中年男人盯着小馒头一样的土堆，以为看花了眼，土里分明拱出嫩嫩的绿芽。揉一揉眼，再看时，那绿芽已蹿起来，如一股喷泉。

老头的胡须飘逸起来，丝丝闪烁着太阳的光点。远远近近，有人围过来。先是小孩喊，再是大人来。里三层，外三层，渐渐地，一片脸都仰起。

一棵桃树已结了果。中年男子的表情，仿佛在做梦，他张开双臂，似乎担心桃树随时会消失，他说：别出声，让它长。

老头捋着胡须，赞叹道：好桃子，好桃子。

他这么念叨，桃子像含羞的脸蛋，红了。又说：都来尝一尝，大人小孩，一人一个。

中年男人似乎还没反应过来，一片手已升起摘桃了。有的小孩够不着，喊爸爸来抱。一片桃子的味道，浓香四溢。

老头提醒道：我尝你一个，现在该还一个了，你也不要愣着呀。

中年男人立刻踮起脚，伸长手。树上还剩一个。他边吃边看，发觉，所有的人，每一个人都有一个，一个不多，一个不少。

唯有老人观望着欢喜和热闹的场面，说：我已饱了，看也看饱了。

树渐渐细了，矮了，仿佛是交出了桃子，又回归土地——恢复那桃核原来的形状吧？

人们纷纷离去。又安静下来，只是，地上丢着一片桃核。中年男人的眼里，仿佛桃核随时要钻进泥土。

白胡须也不见了，就好像来时那样。

中年男人猛回头，惊了一跳，两个竹篮空了，只有几片枯萎的桃叶。好像做了一个梦，可他的嘴里，还流动着水蜜桃的香甜。

于是，中年男人环顾四周，然后，弯下腰，捡桃核。然后，数桃核。然后，他一拍后脑勺，自语道：这个老头大方，全都吃我的呀，一个不多，一个不少。

补 天

邹纹石，字补天，清朝末年最后一个进士。考中不久，就进入民国。他的文好，字好。不过，他的字从不出手，只是自娱自乐，自我消遣而已。他凭靠替人代写契约、诉状、家书等文书糊口。

据说，省长托人来索取他的字，遭到婉拒。有人说，他是没用的补天石，顽石一块。自己的天也补不了。还有人说：省长要索字，是给他脸，给脸不要脸，你以为你是谁呀？！穷书生，摆臭架子。

男大当婚。娶亲那天，按习俗，新郎新娘尚未见面。男方租了花轿接新娘。可是，新娘执意不肯上花轿，嫌邹纹石是个不合时宜的穷书生。

那户人家的孩子，是一对姐妹。妹妹劝说：上轿吧，到了这个时候，不要让爹娘为难。

姐姐心气高，说：瘟丫头，不是你出嫁，你急个什么？要把我往火坑里推呀？那个穷鬼，要嫁你去嫁。

妹妹说：爹娘同意，我就敢去。

邹纹石接了新娘的轿。女方的随行眷属失口，说出的名字跟他已知的名字不一样。洞房花烛夜，他知道是姐妹易嫁，就说，你后悔，可以悔婚。

妹妹说：坐了轿子，我就是你的新娘了。

邹纹石说：我这个家，你也看清了，委屈你了。

婚后，妹妹回娘家。姐姐见妹妹一脸喜气，就提醒：苦日子还在后头呢。还出谋划策，要过好日子，也容易，他那一手字能生钱，可以卖好价钱。

妹妹不响，只笑。渐渐地，她欣赏丈夫的书法，自己也习字，但从不怂恿丈夫的字出家门。

邹纹石一拿起毛笔，仿佛置身另外一个世界，一字一世界。她喜欢他那种安泰自足的状态。

有一天，有个陌生的中年男子匆匆登门，出示一封推荐信。

后来，邹纹石获悉，那个男子是共产党员，因为率众抗税——苛捐杂税，被国民党政府下令缉捕。

写推荐信者是邹纹石当年私塾的同窗，只是未取得功名，做起了生意，却被杂税盘剥得难以为继，就想到邹纹石那一支"文采飞扬"的笔。

邹纹石犹豫，那么多人抗拒，也被镇压，我一支细细的"狼毫"能起什么作用？不过，他的笔在县城也有名气，说：有枣没枣，我就打一竿子吧。

县长派人上门回话，说：税收已列入预算，并报省政府备案，所以不能豁免。

邹纹石将此话转给那个等候着的男子。男子恳请他向上申诉。一是县长听"上边"的话，二是省长欣赏他的书法。

邹纹石没料到对方把他的背景掌握得如此清楚。而且，那个男子竟然在省政府有关系：一个公职人员，可将申诉状直接呈送给省长。

三日后，一个夜晚，男子登门。转告省长的话：要他重写。

邹纹石顿时想到考中进士，却改朝换代，是否自己的文笔已不合时代风气？毕竟是"八股"那套路数。唯有一点，他有自信，言简意赅，有条有理，文思清晰。

男子强调（也是省长强调），说：申诉要详尽些，字体要稍大些，省长的视力差。

省长给县长发了公函：迹近苛细，应予撤销。

邹纹石欣慰，没料到一支秃笔，竟能改变外边的世界。

那是一九三五年县城发生的"抗税案"，过后，县长放出了牢里闹事的人，本有企图，把邹纹石说成有共党嫌疑，知悉邹纹石是省长"罩"着的人，也附风雅——登门求字，索一副中堂。

邹纹石拒绝，县长愿出钱。邹纹石说：我的字一文不值。

那个男子转述了省长的喜悦，如是说：上一回他不给我面子，这一回，我给这个邹纹石一个面子，不用求，他主动送，赠送那么多字。

邹纹石醒悟了要他"重写"的原因了。他说：给我面子？不是给人，是给字。

那个男子说：不管怎样，你那一竿子打去，还是见了枣，多少人吃上了打下的枣呀。

第二年，夫人病逝。夫妻俩相敬如宾二十余年（她给他一个温暖的小天地）。自愿来参加悼念的人甚众，多为平民。省长、县长也送了花圈。邹纹石的同窗，生意已"绝路逢生"，来主持了葬礼。那位男子乔装参加。

半年后，媒人代表女方前来提亲——姐姐愿补妹妹的空房（姐姐懊悔当初的易嫁）。邹纹石拒绝续弦，回话：终身不二色。

镜子的故事

镜子的故事，有多种版本，而且，分布甚广。情节和环境大致相似。封闭的环境里，山里和山外是"两个世界"。比如，语言，我们这里，二十世纪八十年代之前，县与县，甚至村与村，方言也有很大差异，那是长期"封闭"生成的语言。

这个镜子的故事，其中的人物，是男耕女织的模式，男主外，女主内。男人以砍柴卖柴为生，女人有二，一是老娘，二是老婆。婆媳从来没出过山，因为缠了足，三寸金莲，走不远。山外的"世界"，是由男人口头描述和带回的实物构成，当然，不能避免男人"挑好的说"，会夸大一部分，隐瞒一部分。那反倒引发女人的向往。想一想而已。好像男人的眼睛代替她们见识过了。那时，女人也安分。

我们这一带，称此男人卖柴佬，别的地方叫樵夫。突出"卖"，当然是砍了柴，去山下的城里卖。一般都在深山远岙。男人孝顺，同时，疼媳妇，娶上媳妇不容易。两个女人，会用目光送和迎，望着通往山下的路，看着男人去和回。日出、日落，循环往复。日子就这么过。

这个卖柴佬，有自己的小算盘，他很节俭，自带干粮，街上食物的香气，他只是闻一闻，也算享受过了，他舍不得亲口尝一尝。卖掉了柴（通常有固定的老客户），他也不多逛，逛了会动心，心动了，手就动，动柴钱。得给未来的孩子积攒钱。他已想到未来的孩子讨老婆的远景了。不过，眼下，老婆的肚子还没动静。

仿佛取了"山外"的证据，他每一次都会带回小物件，原则是价廉，把本该吃的食物转为用的物件。背地里，老娘会叮嘱他：你有孝心，娘心领了，只送给你媳妇好了。

有一天，他发现店铺里有耀眼的东西。那一天阳光灿烂，镜子反射着阳光。他冲着稀罕的闪光，问店主。店主说：这是镜子，照相貌的镜子。

他想起，老婆对着缸里的水，对着山溪的水，梳头。那个瞬间，老婆多娇美呀。她清晰地见过自己有多美吗？那么好看的老婆睡在自己身旁，有几次，他做梦也笑了。

他试着照，镜子里有一个人，跟自己一样，而且，旁边也竖着一根扁担，扁担上有一根麻绳。他暗喜，占了大便宜，五个铜板就买了一个帮手。

他生怕店主改主意，把一个帮手（大活人）也算进去，他掏柴钱，齐齐地把五枚铜钱排在柜台上，怀揣镜子，连忙离开，几次回头，他放心了，店主没来追镜子里藏着的一个砍柴佬——他给帮手定了位，砍柴、挑柴。

太阳还没落山，他远远地望见院门口站着两个熟悉的女人。他紧走一阵，掏出镜子，正反晃动着，还没跨进院门，他高着嗓门，擦擦镜面，说：往后，我不用那么辛苦了，我用五个铜板，买了个好帮手。

老婆一直叮嘱他，少挑些柴，别压坏了身子。她好奇是什么稀罕物。男人的背后并没有跟着"一个好帮手"呀。她接过镜子，一看，就拉下脸，她可从来没生过气呀。

她边哭边说：我一心一意待你，你这个丧尽天良的男人，竟从山下带个妖女人回来？！这日子没法过了。

他看着老婆手中的镜子，担心脱离那只手，飞出去，会摔破。店主说过，镜子可是脆弱的玩意儿。

老娘颠着小脚，夺过镜子，对着看。镜子里当然映出一个形象：一个白发苍苍、皱纹遍布的老妪。她说：你嫌这个家还不够苦不够累呀，要带也带个年轻嫩些的……你到底要几个娘？！

一面小镜子，怎么冒出那么多女人？或说，怎么藏了那么多人？而且，不同的人拿着镜子，镜中人不一样。他的嘴一向笨拙。手勤嘴笨。他摆摆手，对两个女人说：别翻脸，别生气，先听我说……我说……

老婆哭得一把鼻涕一把泪，说：好好的人，在山下学坏了。

老娘气愤地一甩手，镜子飞出，载着阳光，一声脆响，摔出无数碎片，每个碎片都在闪光。她说：带回个造孽的东西，帮倒忙。

卖柴佬的动作滞后了。他扑过去，接过镜子，镜子已碎。他呆呆地望着一地闪烁的碎片，说：娘，我还没把话说完呢。

老娘说：还说啥？好好一个家，叫你搅乱了，还说啥？！你的灵魂丢在山下了，还说啥？！你这个不孝之子。

老婆已跑进屋子。山石砌垒的屋子。

山风吹来寒冷。树在喧哗，鸟在鸣叫，那是归巢的鸟。院子的门槛，躺着扁担，扁担上系着一根麻绳，像盘着一条蛇。

毛 面

话说明朝年间，乌镇北栅头有一方荷花池塘，如大地的眼。池东有座破旧的小庙，却有个好名，荷花圣堂；池西有个简陋的小屋，主人叫李乐，住宿兼书房，起名不染斋，出典自"出淤泥而不染"。

李乐有奇相，奇在胡子，一脸蓬勃的络腮胡子，黑且硬，小孩都躲避他，刺人。人们给他取了个绰号：毛面。

隆庆二年（1568年），李乐中了进士。随即，一路顺风，先任江西新淦（今新干）知县，后又任福建按察司金事、广西布政司左参议。他以"无心之失甚多，有意之恶不做"自警自勉。然后，神宗皇帝看重其才，召其入朝廷，做"给事中"——谏官。

皇帝嫌其毛面有失文雅。有同事委婉传话。李乐仅修了须，仍保留一脸蓬勃的风景。他说：谏言，就是挑刺，我这一脸刺。

李乐名声渐渐响了，"凡民间疾苦，务必陈述"。其谏言，多被皇帝采纳。有一次，他发现了科举考场的积弊。同僚替他担忧，毕竟朝廷水深，劝他莫要贸然进谏。

李乐摸一摸胡子，像风过麦芒，给神宗朱翊钧呈上了奏章。没回应，他在上朝的时候重又呈上一份，还当着众臣的面，言辞激昂地陈述了一番。

神宗皇帝不悦，把奏章放在一边，要议论别的事宜。

李乐执意要再陈述。后来，其得意弟子说：那一脸胡子，根根竖立，如刺猬。

神宗皇帝说：还多嘴，贴封条。

君无戏言，为难了差役。通常，封条贴门。首次封口。祸从口出，口也是门。生怕胡子刺穿了封条，就用一块很厚的方巾，罩住毛面。

圣旨规定，贴上封条，不可揭晓。口有两个功能：说和吃。不能说，现已钦定；不能食，势必饿死。满朝的文武官员，都不敢替李乐说情、申辩。相当一部分官员还暗喜。毕竟早就嫌他碍事，叫你毛面乱扎人。

皇帝看着贴上了"封条"，面色缓和。

异常寂静，能听见喘息。仿佛时间突然停滞。

突然，后排一侧，有个官员疾步上来，来到李乐面前，扇了李乐两记耳光，还呵斥：君前多言，罪有应得！

响亮的耳光，打破了寂静，打掉了封条。

众官员抬头，目光聚焦李乐的毛面，接着，又转向皇帝。

那个官员径直返回后排，多个目光，像是连着的线，被牵系在那个人背上。没人敢拾封条，等候皇帝下旨。

皇帝的情绪已平和，说：李乐，可知罪？

李乐说：皇上让我当一日给事中，我就一日要谏言。

众官员的表情，仿佛说"给你台阶，你还不下"。

皇帝说：不认罪，也罢，送李乐充军。

李乐立刻下跪，说：皇上开恩，若要充军，其他地方我都愿意去，但不要充军到乌镇北栅头。

皇帝问：哦，为何？

李乐说：民间有句话，乌镇北栅头，有天没日头。

皇帝一听，不悦，因为忌讳"日头"。有个大臣说：皇恩浩荡，普照天下，李乐此言，罪上加罪。皇帝说：李乐，你给个说法。

那个民谣，有两个出典：一是，唐朝有个丞相裴休，在乌镇北栅头，大兴土木，建造府邸，廊房特别气派，飞檐翘角，遮蔽了街巷，阳光照不着，居民们怨声载道，却无可奈何；二是，乌镇北栅头，早先为两省之府，七县的交界处，谁都可以管，却谁也不管，盗匪猖狂，民不聊生。那里成了"有天没日头"的地方。

李乐发配到乌镇北栅头充军。那个官员来送行，说：老师，学生不敬，一夜难眠，给你赔罪。

李乐扶起得意门生，说：幸亏有你那两个耳光，消了皇上的气，不然，我毛面难保了。

那名弟子说：学生也是情急之中来了无奈之举，打了老师，手掌发麻。

李乐说：有只乌龟，被人捉住，人犯难，如何处理？乌龟说了话，最害怕投入大海，结果，乌龟回到了大海，那是它的故乡，我转了一大圈，可以告老还乡了。

弟子说：我随后也会去老师的故乡。

李乐回到荷花池塘，维修了那个小屋。门板上贴着自书的"封条"二字（意闭门谢客），省得多费口舌，但不妨碍进出门。李乐著有《金川记略》《乌青巷》《见闻杂记》《不染斋记》《拳勺园小刻》等。均由那名弟子整理成册。

重　复

那一天，沈阿根没掘到笋，仿佛山里的竹笋跟他藏猫猫。

夜里，他做了个梦。看见一朵杜鹃花开了。只有一朵，他摘下，立刻又开出一朵。一朵一朵，又一朵一朵。同一株上，他摘掉一朵，又会冒出一朵。摘也摘不及。

他受不了不断重复的东西，被惊醒，想起母亲。母亲拉着他的手，上山摘花，好像梦里的花就是小时候摘的花。现在，父母的坟墓就在山上。

一大早，他就上山。发现漫山遍野都开了杜鹃花。他知道，其实光顾着找竹笋，没注意花开了。

山崖下边，他看见一簇盛开的杜鹃花，很眼熟，跟昨晚梦里摘过的一样，仿佛山野的花，都从这株传出，创造了繁荣。

他攀上岩石，刚要摘下那朵特别旺的花，却发现花的下边，有一株笋，尖尖的头，刚拱出来。他就是来掘竹笋的呀。花引他找到了笋。

没料到，拱出土的小小的尖，土里边却是大大的身，又嫩又壮，简直像个白胖小子。母亲说过，他小时候就是个白胖小子。

第二天，同一个地方，同样拱出一个笋尖，第三天，也一样。沈阿根好奇，用山锄往下挖，挖着挖着，锄头溅出火星，一个有凿纹的石块，是个石槽。他看出，那是放猪饲料的石槽。

他背槽回家，想着，将来养头猪，有石槽了。他把槽放在窗前的屋檐下。

入秋，他采来野果——红蒲果，一串串，打算明天去镇里卖，小孩喜欢。他顺手放在屋檐下的石槽里。

第二天起了个大早，他惊呆了，石槽里高高地堆起了新鲜的红蒲果，仿佛要溢出来。而昨晚石槽仅装了一半。他想起同一个地方长出同样的竹笋，就抓了一把黄豆撒入石槽，黄豆如水一样涨上来了。放了一把米也涨成一槽米。他知道，碰上了传说中的宝物——小时候，母亲哄他睡觉，讲过这样的故事。

随后的日子，他总是用粮食接济村里的乡亲，把野果分给镇上的小孩。别人给钱，他也不收。仿佛他就是那个石槽，取之不尽。他开始注意过去忽视的东西了。比如梦里的花朵，天上的白云，夜晚的繁星。

有一天，沈阿根回家，家里一片狼藉。村里人告诉他，县太爷带着一帮人来过，几乎把他家翻了个底朝天。然后，空手离开。

石槽还在屋檐下，只是底朝上了，倒扣着，他翻过来，没有损坏。

三天后，来了个乞丐，衣衫褴褛，头发花白，还挂着拐棍，一副有气无力的样子，伸着破碗，要米。

沈阿根抓了一把米，撒入石槽。眼看着白白的米涨上来，堆成了尖，要溢出的当儿，突然停止。他往乞丐的布袋里舀。

乞丐突然转身，又呼喊又招手。立刻，几个穿着衙服的人冲出来，簇拥着知县。

知县说：师爷，到底你有谋略。

乞丐恢复了师爷的模样，拿掉假发，戴上眼镜。

知县命令差役抬上石槽，打道回府。

沈阿根的双脚站进石槽，坐下。

两个差役上前拽，一人拽一条胳膊。

可是，拽出来一个，槽里又出现一个，里里外外，有十多个沈阿根。沈阿根们相互看着，忍不住笑了。

知县急了，说：看我。他跨进石槽，挤出沈阿根，喝令差役来抬，似乎他坐在轿子里那样。

师爷忙说：老爷，你还是出来吧，一个县，只能有一个县老爷。

差役连忙上前搀扶知县。可是，扶出一个，石槽里又立着一个。石槽里的知县乐了，而槽外的知县慌了。一个要出来，另一个要阻止。差役加快动作，不一会儿，就站出了十多个知县，表情、动作都一模一样。

沈阿根说：你们忙吧，我上山采山货去了。

那一天，村民都来看热闹。一群县老爷，长得穿得都一样（包括腔调），好像演戏文。石槽里立着一个。知县们相互争吵，都声称自己是唯一的那个知县。

师爷不响，他也分辨不出究竟哪一个是真身。他只能阻止差役：暂且不往外拽了，维持现状，不可重复。

一盏长明灯

古镇的深夜，唯有李秀才家的那扇窗亮着。一盏微弱的油灯，似乎随时可能熄灭，却日复一日亮着。没人在意亮了多久。李秀才读书作文，没人在乎他读什么书。

李秀才静能静得下来，动能动得起来。他读书作文，不能有人打扰，而最佳的时间是夜晚。不过，白天，他喜欢热闹，常常拱到一群小孩那里，讲夜晚读的书中的轶闻奇事。他讲得若有其事，很多小孩信以为真。但大人们说他"出空"（方言，即说谎）。居民要他代笔，写个诉状或家书，他乐此不疲，仿佛受到重视那样。

可是，不见李秀才有出息。有人说他"瞎子点灯白费烛"，也有人说他"书读进屁眼里去了"。居民们闲了，听他说"闲话"，仅仅是消遣，只当他"乱说"（编谎的另一种说法），所以大人不把他的话当一回事。有时，他说正经的事儿，人家还以为他"出空"。

李秀才的生活很寒酸，他穿的那身长衫有补丁，但是洗得一尘不染，他白天上街，长衫没有褶皱。好像他夜间读书是"吃进"，白天说话是"吐出"，他以此为乐。有人猜，他所有的积蓄都"亮"在那一盏长明灯上了。

那年夏天，灯的火苗在不安地摇曳，好像要发生什么事儿。他一脸汗珠，似虫子蠕动，他时不时用毛巾擦汗，已分不清是水还是汗了。他不用扇子。仿佛他分成了两个人：一人对付炎热，不让汗水落在书上；一人聚神阅读，沉浸在字里行间。

火苗不安地晃动，像顽皮的小孩蹦跳。两个人合而为一，他生出一个念头：不妨去井里打一盆水，双脚漫入凉爽的井水。他的目光依依不舍地最后瞥一眼书面时，惊诧地发现页面出现了空白。他以为看久了书，出现幻视了。他分明看见，一群黑点，像苍蝇，如蚊子，密集地从书上起飞，纷乱地飞出窗子。窗纸有裂缝，如筛子。

难道字离开了书？那一页，记载着一场瘟疫。一场水灾后出现的瘟疫。他听镇里的老人说过，瘟疫殃及古镇。那个老人的父辈，许多人都死于瘟疫。一度，古镇苍蝇、乌鸦猖狂、泛滥。

李秀才拿起木脚盆出门，追踪着一股黑烟似的飞虫（他认定那是文字），他不知如何把文字召唤回书中，他不愿让那段记载出现空白。人们可以不信他说的话，但白纸黑字可证明他不是"出空"。

那一缕黑布巾一样的文字，乘风飘飞。镇中的那口古井，如嘴，将烟吸收。他赶到六角形的井台，探望，井水微微有波动，一弯月亮映在水中。

井中传上来声音。那是文字发出的声音，跟书中的记载如出一辙，不过，渐渐地，说到了现在——那些记载瘟疫的文字，确实转化为瘟虫，落入水中，好像炎热给了它们又一个机会，可以融化在井水里，甚至发出浸泡在凉爽的井水中的欢悦。

李秀才真切地听清，它们期待明日居民喝井水，它们可以重返那温暖而又神秘的地方了，那里有它们向往的鲜血。那一个个发绿、僵硬的身体，就成了它们的新居。

整个古镇沉浸在梦中。李秀才希望有一个人影出现，好证明他没"出空"。他想象，明天清早，像往常一样，居民来井边，挑水、淘米、洗菜……他挡不住。谁也不信他的话，他也改变不了自己"乱说"的形象。他要是守在井边，不断地向来的人传报瘟疫的消息——那文字变成了瘟虫，居民一定以为他"出空"，听听笑话，哄笑了之。

他打算守候在井边，现身说法，饮井水。只是有个问题，瘟虫不会当场发作。那么，他夜晚喝了井水，早晨，他死在井台，居民也会误解。

井中的月亮已消失。他脱下布鞋，并排放到井台上。他跳入井中。

早晨，他的尸体浮起。居民围在井边。打捞上来，他浑身碧绿，像掉进染缸那样。一具绿尸。

有人责怪，有人惋惜。大家疑惑，好端端的一个李秀才，为什么投井自尽呢？一定遇上了过不去的坎，李秀才一向苦中作乐——好活歹活都是活，却寻了短见。

镇里那个老人（曾对李秀才说过早先的瘟疫）来了，他说：我听父亲说过这种瘟疫的颜色，李秀才的身体证明了井水中有瘟虫。有人说：弄不好，李秀才自己就养着一身瘟虫。老人说：我们谁相信过他说的话了？李秀才知道我们不相信，又不让我们饮用井水，他就采取无奈的方法，端端正正摆着的鞋子，说明他很镇定。

封了井口。老人德高望重，发起一场葬礼。要将李秀才生前最喜爱之物放入棺内，却发现，那一本打开的书，页面上无字——无字书。那盏亮着的灯，突然熄灭。老人又续了油，点亮。守灵，送葬。然后，那简陋的房子，每晚，都亮着灯。镇里称那是长明灯。各家各户，轮流去添油。

阶沿石

抬到第三天了，还是前是山，后是河。众民工已累得不吭声，却听得山脚下传来歌声。

一块长石条，长有三十余尺，宽三尺，是石垒寺的阶沿石，石料好，摆到寺门前最上的一级，显眼，气派。

石垒寺在石垒山顶，寺中的建筑、地面都由石筑石铺。顾名思义，石上垒石。石垒寺与石谢头之间，不过五里路。可是，石条在石谢头移上了岸，看着近，抬了两天，还没到山脚。

杠子套在绳索里，几十个壮实的民工分两边，人多步杂，挪一截路，放一放，抬得汗流浃背。那歌声，听了轻松，民工们索性多歇息一会。好像等歌声把山拉近了。

也只能听出个调，听不清词，哼的是山歌，嗓音粗糙，可听出唱山歌男人的悠闲。走来的竟是和尚，似乎不配唱山歌。

众民工又羡慕又讥嘲。那和尚，僧衣破烂，步履拖沓，还摇头晃脑，仿佛沉浸在歌里。

和尚似乎没料到有这么多人围着一块石条，一副好奇的样子，围着石条打量，一会儿弯腰，一会儿直身，还绕了一圈。然后，撅着屁股，又是摸又是拍又是抠，似乎很稀罕那么大的石条。接着，他像找到了一张床那样，躺上去。

有个民工猛推了和尚一把，说：下去。

和尚说：我一见石条就来了睡意，多好的床呀，咦，你们怎么闲着不动？

民工说：饱汉不知饿汉饥，你有能耐，抬一抬，尝尝滋味。

和尚嘻嘻笑，竖起一指，说：不就是抬到石垒寺吗？我有一个办法，办法只有一个。

民工们的眼一亮，表情就有了恭敬，一个显然是领头，哀求道：高僧有何妙法，请快快赐教，今天是最后的时限了。

和尚佯装迟疑，说：刚才，我躺了一下，那个施主出言生硬，我的办法，就是……你们要请我躺在上边。

重上加重，那不是戏耍我们吗？这和尚是个无赖。众民工很气恼，又是责怪又是咒骂，却发现，和尚不知什么时候已躺在石条上，还打起了均匀的呼噜。几个人又推又拽，和尚纹丝不动，仿佛与石条合为一体了。

领头的说：再不抬就来不及了，只当大石头上加了一块小石头，歇了这么久，抬起来试试。

一声喊，众人合力，齐齐地抬起了石条。石条本身的重，又增加了个和尚的重，众人已有心理准备对抗那重的叠加。不过，抬起时却出乎意料地轻——石条犹如一块长木板，似乎和尚把所有的重都置换了。轻得让他们不敢相信。

一路上山。和尚的呼噜引出山歌，众人的歌声伴随着呼噜，好像乘着山歌，腾云驾雾一般。呼噜、山歌、脚步，都融合为一种节奏，像呼吸那么自然、轻松。越抬越轻。

即将抬到寺门前，恰好踩在工期的时限。和尚醒了，好像灵魂还在梦中，他好奇地起身张望，那样子，似乎一时没明白这是什么地方，似乎疑惑两边那么多人抬着他。

和尚轻轻跳下长条的阶沿石的瞬间，石条突然恢复了原有的重，众民工猝不及防，毕竟一路抬习惯了轻，那重来得那么迅疾。于是，被重压得不由得弯了腰。石条落下的地方，恰是预定的那一级，分毫不差。

众民工顿时一身轻松，转身寻找那一路睡在上边的和尚，却不见踪影。

领头细说和尚的装束、相貌，问方丈那和尚的住处。方丈说：本寺没有这么个和尚。

余晖照着蜿蜒的山路，可以遥望山下一条河。山路不见一点动影。一派静好。

一张膏药

大麻古镇只有一条东西走向的街。街东尽头，有一个老宅院，再过去百十步，有一座城隍庙。庙旁有数棵古松。宅院和小庙之间隔着个荷花池塘。庙后，有一条古运河，河边有个埠头。

金子久出诊，或者病人来就诊，多走水路。城隍庙的香火旺。金子久出诊，必须路过城隍庙，但是，他从没进去烧香。

金子久祖籍杭州，世代行医。太平天国时，他移居临平镇，光绪年间，他迁居大麻镇，就购了老宅，落户，住下。老宅的门额挂着问松堂的匾牌。稍有了闲暇，他读书，著有《问松堂医案》。堂中，有块其他地方的位高权重的人送的匾：扁鹊复生，华佗再世。

小小的埠头，每天都有很多大大小小的船只来来去去。来者大都是远道而来。一是上门来接请他出诊，往往家中病人卧床不起，或有疑难杂症不便露面的女人。二是慕名前来拜他为师的人，跟从他学医者有百余人。大麻镇的居民，则"近水楼台先得月"，有时，金子久上街剃头时，也顺便给人治病。

有一天清晨，来请的人不好意思堵在门口，就在河埠头的船头等候。

金子久匆匆吃了早点，就出门。照例路过城隍庙。庙门里走出个老人，似乎等候已久。

老人相貌堂堂，眼大鼻挺，天庭开阔，三绺长须，拂在胸前。老人挡在金子久脚前。

金子久看出老人身体硬朗，疑惑地问：老人家，有何事？

老人竟叫他寿生，这个名字大麻镇居民很少知道。

金子久以为是杭州老家来的人，就等着老人继续说。

老人晃了晃头，手抚着脖颈，说：此处扭伤，给治一治吧。

金子久登上一个台阶，按摩了老人的脖颈，取出包里一张膏药，贴上。

老人给他一块银圆。金子久拒收，只说免了免了。可是老人说：哪有不收的道理。说着，把银圆往他手上一放，转身进了城隍庙。

金子久熟悉这里的人，而老人的模样，他却陌生。大概远道而来，没落脚的地方了。再没多想，他匆匆赶往河埠头。

金子久的生活很简单，饮食也不讲究，粗茶淡饭。出诊回来，已经傍晚。他去街上一个店铺，买糕点。

店主知道他这个常客需要的数量。金子久也不看，接过已包装好的温热的糕点，递上银圆。店主仿佛拿了颗炭火一样，银圆落在柜台上，说：不能用。

金子久说：现在还是大清王朝吧？

店主说：金郎中，不好意思，你看个仔细。

金子久凑近看，竟然是一块冥洋。穷人家烧冥纸，富人家用冥洋，仿制逼真，阴间使用。很可能，那个老人家道中落，外出逃债，流浪异乡。

店主说：我这收了，晦气。

金子久赶到城隍庙。庙里清净，不见一人。地上也没有夜宿的痕迹。渐渐地，他抬头。

城隍菩萨端坐殿堂，高高在上。

金子久仰头，目光落在一张膏药上，膏药贴在脖颈上。

有两个女人来烧香。是婆媳。朝金子久默默点头。庙中不便说人间俗事。那个年轻的媳妇三年不孕，曾来庙里许愿的同时，到金子久那里开了方子。喜获儿子，就来还愿。

金子久仰头，端详着城隍菩萨：原来求医的老人就是城隍菩萨，可是，高高在上的城隍菩萨怎么扭伤脖颈了呢？

那婆婆顺着金子久的目光，仰望也看见了高高的脖颈上那一张膏药，也莫名其妙，但不好随便探问。毕竟，忌讳。

金子久的祖传配方，亲手制作的膏药，竟传出了消息，一贴灵。城隍庙的香火更旺，问松堂的来人更多。甚至传说：城隍也有病了。

记　认

　　潘春林生于 1900 年，祖籍德清曲溪湾，到湖州街上开了家私人诊所，是有名的中医外科医生，医术高超，闻名遐迩。人称其治疗方法为曲溪湾外科流派。他在湖州从医五十载。1968 年，他含冤自尽。

　　1949 年，潘春林开私人诊所。他和母亲相依为命。母亲有个贴身丫鬟，视同女儿。潘春林的精力都投在诊所里，他的生活，有规律有条理。白天坐诊，晚上清账。他有一间书房，平时闭门，家里人从不擅自进去，他自会打扫得一尘不染，所有的书簿，都摆得整整齐齐。

　　午饭由丫鬟送，唯有晚饭和母亲同一张桌。母亲不懂医，免不了叮咛些话。比如：百姓生活难，生了病就更为难了，一般都要拖到生死关头，才会心急慌张来治疗。比如：穷人不生病，等于交好运。还提醒他，对交不起"郎中包"的穷人要格外体谅。

　　饭桌上，潘春林不说话，只是点点头。潘母生怕儿子"这只耳朵进，那只耳朵出"，就让丫鬟趁送午饭时，多留心，多长眼，把诊所里见闻细说一遍。然后，晚饭桌上，潘母会针对性地念叨一些话。有听没听，慈母仍要说。不过，潘春林的态度好，从未流露出厌烦的表情。

　　一天，丫鬟提前送饭，恰巧有两个衣衫褴褛的农夫抬着一个藤榻，榻上躺着一个呻吟的病人。病人的大腿生了一个毒疮，当地人叫"鲤鱼搅子"。

要动个大手术，否则，性命不保。潘春林本该收八块银圆，一问病人家境贫寒，就打了个折，要收五块银圆——"袁大头"。

两个农夫一脸茫然，悄悄商量了一阵，无奈地摇摇头，说：出不起。抬起藤榻离开诊所。

丫鬟放下饭篮，回禀潘母。潘母顿足，说：饭桌上我的那些话，都当耳旁风了。

潘母拉开抽屉，取出钱盒，说：拿上五块洋钿，赶紧追上病人。

丫鬟在街的尽头追上了藤榻，可能农夫又伤心又疲惫，步子慢了。她把潘母的原话转给农夫：要是潘先生问起怎么有钱了，就回答恰巧在街上遇见了有钱的亲戚。

当天的晚饭，潘母没像往常一样念叨，只是静静地慢嚼，也如往常一样，给儿子夹一筷菜。那是配儿子胃口的菜。

潘春林习惯了母亲的念叨，今天却不出声，他反倒不习惯了，时不时瞅一瞅母亲，似乎期待着发话。

潘母的表情平静，好似没看见儿子的目光。

潘春林加了一碗饭，还说：今晚的菜味道好。

丫鬟窃笑。潘母说：味道好，就多吃。

晚饭后，潘春林一如既往，入书房，关起门，点亮灯，沏一杯清明前绿茶，端正落座，清点当日的进账。

丫鬟轻轻叩门，说：母亲来看你呢。

潘母由丫鬟陪着进来。潘春林搬来椅子。潘母环顾了书房，似乎查看还缺少什么。

潘春林的心还在账簿上，一时无话，却欲找话题。

潘母好像也没什么事，不经意地问这问那，属于日常话里的琐事。

潘春林要么点头，要么说是，总把潘母要展开的话刹尾。

潘母的目光落在账簿上了，就问：可否有病人出不起钱治病，回头离开了呢？

潘春林闪烁其词，说：都付清了钱。

潘母起身，拉开桌上的抽屉，里边一堆银圆，发出清脆的响声。她挑出五个银圆，放到桌上。

潘春林反应灵敏，立即想到藤榻抬来的病人。

潘母说：可认得？

潘春林说：铸造出的银圆都有统一的模子。

潘母说：这就是患有"鲤鱼搅子"的病人出的银圆。

潘春林立起，向母亲低头认错。不过，他瞥了一眼丫鬟，说：娘，你怎么知道？

潘母说：我亲手用小刀在上面刻了个记认。

记认就是记号。潘母曾在他的草帽、雨伞上缝过记认。那时，潘春林念私塾，他说：同学笑话我呢。

潘春林说：病人那么快就有了银圆，说是亲戚那里借的，原来是娘赠送的呀。

潘母说：幸亏小英追得快，追回了一条性命。

潘春林要将五块银圆归还给母亲。

潘母说：留作纪念，记住教训，郎中治病，人命关天。

珍藏了刻有记认的五块银圆，潘春林将母亲的记认铭刻在心。

汗

金香炉失窃，金汗手出家。

金汗手是个行窃的高手，他窃富不窃贫，盗大不偷小。平时，他还敬佛烧香，尊老爱幼。不过，偷窃的行当里，以此为生的人都知道他，佩服他。他唯一跟窃贼们打过一场赌，是喝了酒，起了兴。一帮贼屡偷屡挫，那一家富户有众多家丁，那帮贼还戏称富豪的豪宅是"铁壁铜墙"。金汗手给同行露了一手，还留了条子：纸糊墙壁，不堪一击。

同道发现，他这个老手，动手前，沉着从容，但手出汗。手像刚从水里出来那样。认为他紧张，胆怯。他说：我每一次行窃，都如同第一次出手。于是，他就有了金汗手的绰号，一般人，把"汗"说成"汉"，因为，没见过他的手出过汗。

金香炉的主人是刘伯温。刘伯温是朱元璋的军师，计谋了得。不过，刘伯温仍如一介穷书生一般，衣裤鞋袜有补丁，但干净，很朴素。朱元璋已兵强马壮，他看不惯刘伯温的寒酸。刘伯温仍旧我行我素。有一次，朱元璋终于脱口道：如此穿戴，要穷千年。

那可是皇帝开了金口——一口唾沫一个钉。刘伯温很尴尬，一起打江山易，一道坐江山难，倒也提醒他给自己留个"后手"，为子孙后代着想。他安排心腹将积攒的金子熔制了一个金香炉。

金汗手从道上获悉此炉，有几个窃贼行动时被暗器击中。那仿佛是无形的"铁壁铜墙"。他第一次数次手出汗——满手的汗又稠又黏，如同打了一层稀薄的糨糊，却没有轻易动手，毕竟跟刘伯温过招。

刘伯温隐退，跟金香炉有关，千算万算还是没守住金香炉，仿佛脚踏的实地，突然出现一个虚空的深渊。

金汗手窃了宝物，却不敢转手。他宣布金盆洗手，出家为僧。刘伯温用智慧为朱元璋打天下，金汗手用智慧窃取刘伯温的金香炉，他暗自得意。

七里亭有座寺，本来香火不旺。金汗手剃度为僧，一些小偷也闻声来烧香拜佛，还放出口风，这里的菩萨灵验。吸引了更多的平民来许愿。一传十，十传百，寺里的香火就旺起来。

那些小偷，其实来看金汗手，汗手在，宝物在。可是，金汗手说：贫僧的手不再出汗了。还用佛家的语录劝说同道觉悟。

金汗手每天念佛经，做道场。其实，他在暗暗地守护金香炉。他把刘伯温的金香炉做旧了，仿照寺里原来的那个香炉，涂了一层黑漆，悄悄替换掉了。

小偷们渐渐失望，看不出金汗手拥有金香炉。冬去春来，香客如梭。一晃三年，有一天降雨，寺里进来了一个收购古董的人，一身上下，都是补丁，还戴着斗笠。好像是路过——见佛就拜，他时不时地望天。雨渐渐沥沥，不见歇息的样子。

补丁人掏出旱烟管，吸了一锅，然后，顺手将烟管朝香炉上敲，敲烟灰，很讲究。这么敲了三下，香炉上的黑漆剥落出了一片斑，露出黄灿灿的本色。他像久别重逢，抚摸着香炉。

金汗手闻声出来，说：阿弥陀佛，施主请进去饮茶避雨。

补丁人说：天开眼，雨将停。

金汗手说：请问施主尊姓大名？

补丁人说：我会识宝，说是收，实为找。

金汗手做出礼佛的手势，说：你就是大名鼎鼎的军师刘伯温吧？贫僧在此恭候多年了。

刘伯温还礼，说：让我看看你的手。

金汗手中伸出手，掌心朝上。

刘伯温说：久闻大名，果然出汗。

金汗手平静地说：贫僧已多年不出汗了，这是雨还是汗？

刘伯温说：我找，你等，多亏了这个有雨的天。

此次相逢，不知怎么就传出去了。那一带，民间就有顺口溜：七里亭，漆黑金，要得金，漆里寻。

闲 子

严缙僧，又名严辰，家居乌镇东首，邻近密印寺。清朝咸丰年间，考中进士，获翰林学士称号。严缙僧当了翰林学士，恰逢慈禧太后做寿。他书寿轴"女中尧舜"，呈送慈禧。一个满族同僚上奏，说此轴隐含险恶（尧舜为汉族先帝）。慈禧降了他的官衔，发旨不得重用。严缙僧仿佛成了丢弃的棋子。他辞官还乡，回到密印寺近旁的住宅，自嘲是闲子一枚。此为后话。

且说严缙僧出生前，相当一段岁月，其父盼望有子，其母曾进寺中许愿，却迟迟未有身孕。那是父母对未出生的孩子遥遥无期的等待。

等待中，父亲转移焦虑，渐渐地同密印寺的当家和尚频繁交往，双方以棋代言。偶尔有话，也是边下棋边聊天。

密印寺是个闲中取静的地方。历来的当家和尚的弟子甚众，有十三房弟子。此地也称十三房，一直沿用至今。寺不大，香火旺，各地前来的香客络绎不绝。寺前有一条街，名为烧香寺。大大小小的店铺，所售物品，大都跟寺院配套。

密印寺的当家和尚圆寂了。严缙僧的父亲心里，一时间，仿佛出现了一个不可填补的空白。他不再进密印寺，甚至，有意避开，宁可远道绕过，也不再在寺前经过。相当一段时间，他足不出户，独自在书房，摆了棋盘，对面座虚，与自己对弈。不断复盘曾经下过的棋。想象中，当家和尚仍面对着坐。

一天，他布棋，感觉门一阴。一阵轻风，有个人边走边说：让你久等了。

来者是当家和尚。

他本能地示意对面的座位，欲言又止，他猛然记起，当家和尚圆寂有两个春秋了。他一惊一愣，手像鸽子，停滞在空中，脱口说：棋等人。

此刻，传来丫头欢喜的声音，通报：夫人顺利分娩，喜得贵子。

他回过神来，不见当家和尚的踪影。他起身，说：这么巧，这么巧。

妻子让他给儿子起名。他顺口说：子僧。

当家和尚的出现，儿子的诞生，一个幻觉，一个现实，可两桩事儿如此凑巧，他认为儿子是当家和尚前来投胎——生死轮回。

按习俗，抓周。母亲、丫头怂恿他抓官帽，子僧竟抓起一枚棋子，握入小手。父亲看儿子的手在众多物件中，并无迟疑之迹象。他满心欢喜，子承父趣。他跟不懂人间语言的婴儿说：世间是一盘棋，人不过是棋子一枚，怎么走，有定数。

子僧三岁时，一天，父亲归来，见子僧独自坐在当家和尚那个位子，在摆棋谱。

父亲在儿子对面落座，说：我助兴，可会下？

子僧端坐，取棋子，落棋格，一副成人的架势。还放了一枚闲子，让父亲琢磨了良久，迟迟不落棋子。

天色暗下来，母亲来唤用饭，说：父子俩竟不出声，在下棋呀。

和棋。父亲突然说，名字改一字，叫缁僧吧。

儿子说：这么复杂，简单为好。

父亲说：又名辰，严辰，入学堂时可用。

刘木匠的好奇

刘木匠挑着一副担子，前边的箱子装着木匠工具，后边的箩筐盛着日用衣物。过了一座山岭，就是一个村庄，村庄旁边有一个水潭。他出门给一个富户装修大宅，又雕又画，都是精细的活儿。现在，他归心似箭，家有老母。

他刚走上山路，忽觉身后的箩筐一沉。什么东西落进去了？他好奇，准备放下担子。

箩筐里传来像捂在被窝里发出的声音：好心人，我受了伤，你能顺便带我过山吗？

刘木匠继续挑着担子走。他从小看着陌生的物什都好奇，还会画下来，竟然无师自通。父亲是个老木匠，打算让他子承父业，他却对木匠的手艺没兴趣。父亲病逝，留下孤儿寡母，他不得不接下父亲的木匠家什，将绘画融合进了木匠手艺，一下子比同行高出一筹，常被富豪和寺庙请去，不用干粗活笨活。

他按捺不住好奇，边走边问：你到底是谁，可否让我看一看你？不然，我的心老是惦记。

箩筐里传来闷闷的声音：好心人，这样吧，你带我到我要去的地方，我就让你看看我的样子，那样，你就走得快了。

刘木匠凭着声音判断，其伤得不轻。天色暗下来。那好奇，像远处的一个火把。他在蜿蜒的盘山路上，渐渐上，脚步越发紧凑，渐渐下，到了山脚。他问：你到哪里去？

那个声音，像是睡了一觉，苏醒过来，说：现在到什么地方了？

刘木匠说：前边有个深水潭，过了深水潭，就是我住的村庄了。

你就把我送到水潭边吧，我好久没洗澡了。

那是一个瀑布，像峭壁垂下来的水帘，水落之处，是一个深深的水潭，深不可测。潭中倒映出一弯朦胧的月。刘木匠曾画过瀑布的奇观。此次出门，那个富豪指定他在盈门的壁照上画了瀑布。

刘木匠放下担子，欲回头，却听得"扑通"一声，潭水激起了一个巨大的浪花。他对着潭说：带你翻过了一座山，你可是答应过我。

潭中传出声：好心人，你有什么要求，我会帮你办到。

刘木匠说：我就想看着你的样子，走了那么久，还不知道你是谁。

潭中浮出一条尾巴，声音从水中传出：好了，你说要我做什么事吧。

刘木匠坚持道：一条尾巴还是不能显示你的样子。

过了片刻，潭中央涌起一个浪，隆出一条脊背，背上有闪亮的鳞片。

尾巴、鳞片，组合起来，不就是传说中的龙吗？刘木匠多次画过龙的形象，却没见过原型。

脊背又沉入潭中，传出声：好心人，你可以讲要我做的事情了吧？

刘木匠说：你能让我看一看你的头吗？

潭中出现了一个漩涡，传出声：我从没让人看见过我，你还是保留关于我那美好传说中的形象吧。

刘木匠恳求道：让我看一看，就算是我托你做的一件事好吗？哦，你受伤，伤在哪里？

潭水平静，一弯月儿浮在水中。水中传出声，像是月亮说话：自从我害了眼疾，世界就一片黑暗，我也想看见恩人，可是，我担心吓着你。

刘木匠说：兴许我有办法。

那个声音传上来：人间没有郎中能治我的眼疾。何况，你是个木匠，隔行如隔山。

刘木匠取出箱中的笔砚，蘸了潭水，研墨，呼唤道：今晚，就你和我，你不是要为我做一件事情吗？我见了你，今后，我就能画出不一样的你了。

终于，仿佛深水潭打了个哈欠，龙头露出水面，依在潭边。

刘木匠拿着毛笔，在龙的眼上，分别点了两下。

立刻，龙像害羞似的，沉入水中。随即，传出声：我能重新看见光明了，水上水下，看得分明。

刘木匠懊悔，还没来得及细看。因为他做起事情，只盯一点，不顾其余。他得意地说：人间有一个说法，叫画龙点睛，这可是我最拿手的事呢。

潭水静静地浮着一弯月，像潭的眼。刘木匠的疲倦突然袭来，那一夜，他露宿在潭边的青草地上。

习惯了的病

　　知县黄应十不知食了什么，坏了肚，腹泻，来势凶猛，动不动就上茅房。起先像决了堤的河，渐渐地转为：总感觉迫切地内急，一蹲茅房，并非预想的轰轰烈烈，而是排泄稀少。他坐不宁，睡不安。担心出现不雅的尴尬，就隔一会儿上茅房。他苦不堪言。

　　请过多位有名郎中，吃了一帖帖药，还是医不好。黄应十面黄肌瘦，皮包骨头。他不得不卧床。他对下属说：难道我就这么躺着等死吗？

　　一个差役打听到北乡马剑九灵山（明朝初期，还属于浦江县）有位郎中，叫戴原礼，医术高明，擅长治疗疑难杂症。

　　仿佛漫漫长夜中迷了路，看见了启明星，他硬撑着坐起，差遣两名身壮脚勤的差役去请，还要用轿子抬来。

　　两个差役，抬了一乘轿子（知县巡视专用轿），翻山越岭，一路询问，到了戴原礼的家。

　　戴原礼行医刚回来，泡的茶也来不及喝，就上路了。两个差役一定要他坐上轿。他看见两个差役背脊的衣衫汗湿了一大片，说：我走惯了山路，你们可能很少走山路，都长着两条腿，一起走走不是很好吗？

　　一行三人，走到县城近郊，两个差役非得戴原礼坐上轿不可，说：老爷知道你一路走着来，非怪罪不可，你也给我俩一个面子吧。

知县黄应十闻声，下床，拄着拐杖迎接——他讲究礼数。

戴原礼听了知县陈述的病情，看了已服过的药方，说：你这病，我能医。

黄应十愁苦的脸上挤出了些许笑意，说：久闻大名，让你辛苦了。他要夫人赶紧备酒炒菜。他期待这个空隙，知道自己究竟患了什么病。毕竟拖了这么久了，病是个谜，他很好奇。

戴原礼说：难得有这个机遇，我俩先下盘棋吧。

黄应十没其他嗜好，就是一个棋迷。平时，忙完了繁杂的公务，他下棋调剂精神，仿佛他下棋就他在，拿起棋子，他就进入另一番天地。只是，自从患病，他尚未摸过棋子。一听郎中说对弈，他精神大振，何况郎中已许诺病能治了。

他取出了床头柜的棋（有时临睡前，他会跟自己对弈一盘）。料不到，棋逢对手。第一局，知县胜了，他说：再来一盘。

戴原礼似乎也入了迷。第二盘，僵持住了，下成了和棋。

黄应十说：继续，三盘两胜，一决雌雄。

第三盘，戴原礼胜出。

知县表情显出了不悦，忽然想到了缠身的病，说：远道而来，治病救人，为何只顾下棋，把病搁在一边？

戴原礼看着棋盘，说：你那病不是已治好了吗？

知县疑惑：没有治，怎说好了？

戴原礼抬头，笑着说：你的病，已有半个月之久，服了各种药，都有针对性，按常理，该治好了，不过，你病在心里。

知县抚抚腹部，说：明明是身，怎么在心？

戴原礼指指心脏，说：你总感到内急，可临到出恭，却没有货。你总有出恭的意向，是你已习惯了频繁地出恭。方才，我俩对弈三盘，你一次也没起身，这就表明你的病已除了。

知县经这么一点，说：倒是倒是。我总算领教你的高明之处了。

戴原礼起身，说：我该告辞了。

知县顿时闻到了厨房里随风传来的菜肴的香气，说：提早吃个晚饭，饭后，轿子送。

戴原礼说：我得走了，县城里有个预约的病人。吃饭事小，人命关天。

黄应十没拿拐杖，送至院门外，说：怠慢了，下回，我登门拜访。

戴原礼的身影已消失在街的拐弯处。

锥　子

赵掌柜中年得子。男婴满月，他张罗了三桌酒席，请了镇里和乡下的亲戚朋友。特别请了镇里那个口技艺人来助兴。

赵掌柜开的是米行，虽利薄，但本分，口碑不错。他没其他嗜好，只是养了一只画眉，鸟笼挂在店门口，像一个招牌。镇里的小孩也知道循着鸟叫声上米行。赵掌柜老少无欺，甚至还会送前来购米的小孩一个米馒头或者一把糯米。

作为铺垫，口技艺人模仿了各种鸟叫（包括猫头鹰、布谷鸟、麻雀），然后，学了画眉叫，惟妙惟肖。不看他叫，还以为是真的画眉。

连笼子里的画眉也兴奋不已，上下蹦跳，以为来了一只伙伴。

口技艺人有一个保留节目，客人的生肖不同，他能吹出十二生肖的声音。掌柜的属鼠，他就模仿老鼠的叫声，一听就是夜半众鼠出洞的景象。

一个乡下的农民，排辈分，还是掌柜的外甥。他讨厌老鼠，做了一个打老鼠的动作，说：米店鼠多为患，不吉。

众人笑了，都看赵掌柜。赵掌柜属鼠，潜台词是老鼠守谷仓。

口技艺人会看眼色，拱手道：多有得罪。今日庆贺赵掌柜公子满月，我就学一学猪叫。

男婴属猪。艺人学猪叫，大猪小猪交替地叫，一派繁荣。赵掌柜的妻子怀中男婴也咧嘴笑了，似有灵犀。

酒席的气氛推向了高潮。众人鼓掌，说：学得像真的猪叫一样。

那个乡下的外甥不以为意，说：这有啥稀罕，我家养有猪，天天听猪叫，我叫得比他还逼真呢。

众人说：那么，你叫一叫，比一比。

外甥指指喉咙，说：喝了酒，嗓子不灵了，明天，我来叫给各位听。

赵掌柜就是要图个热闹，喜庆，他说：明日，原班人马，就听猪叫。

毕竟镇里难得有猪叫，至多，肉铺一早，有猪叫，那是屠宰，猪叫得难听——性命交关呀。镇里的许多小孩，闻声来米行，凑热闹，听猪叫。赵掌柜特意增加了一桌酒席。来的都是客。

口技艺人发挥出关于猪叫的全部技能，让一群小孩大饱耳福，大开眼界。大人们赞叹不已。

那个乡下的外甥竟没上席，而是坐在院中的一隅，闭目养神，蓄势待发。那对招风耳在捕捉声音：在人的笑声，掌声中提取猪叫声，似乎在辨析其中的不足。好像整个院子里都放了猪。

然后，有个小男孩提醒：该你叫了。

外甥眯缝着眼，像不愿轻易揭开秘密，他如同局外人，将右手插入胸口的衣襟，仿佛要掏什么。

有人催：该你叫了，开叫呀。

于是，他鼓起的衣襟里发出了猪叫声，是小猪在叫，而且，越叫越响。似乎被什么刺疼了，还躲不掉。

男婴喝饱了母乳，已熟睡，并没有大家期待的反应。

赵掌柜说：各位都听得分明，到底谁叫的声音更像猪，更自然？

众人纷纷评议，迅速达成一致：毕竟口技艺人吃这碗饭，叫声让猪活了，而且声音里，猪很欢喜。

赵掌柜说：那么，我的外甥呢？

有个小男孩离席，走到赵掌柜面前，指着仍窝在角落里的农民，说：他叫得像婴儿哭，我弟弟没奶吃了，就是这个声音。

赵掌柜的妻子轻轻拍着怀中的婴儿，笑了。

那个外甥突然立起，一副不服气的样子，解开束腰的一条布带，敞开衣襟，抱出一只乳猪，举过头，他埋怨起小猪，说：我特意选择了你来比赛，你为何不学猪叫，却学婴儿叫？

众人顿时笑了。有个小男孩眼尖，发现他右手拿着一枚纳鞋底的锥子。

冷 丹

沈冷丹初来京城，就看见大街上聚了一群人，所有人都抬着头。他挤进人群，终于看见墙上贴着一张榜文。

原来是京城总督大人的掌上明珠患病，食不进，睡不宁，日渐消瘦，像一片嫩叶渐渐枯黄。已请过多位名医，却治愈不了。告示中还明确悬赏，有重金酬谢。

沈冷丹告别妻小，外出行医，已有半载。临别，他许诺：挣了大钱就归家。可是，他跑了许多地方，都没能发挥他擅长的一手，他替自己那把手术刀惋惜。在家乡，人们叫他沈冷丹。

于是，沈冷丹来到大地方。大地方病人多。

他揭了榜文。当即有人把他带到总督府。他提出先见一见小姐。

总督说：我的女儿还未出嫁，男女授受不亲。凡是郎中来，中间隔着帷布，都采取隔空搭脉。

沈冷丹说：必须面对面，望、闻、搭、问，方能对症诊治。否则，我无能为力。

总督不得不引领着沈冷丹进入女儿的闺房。不一会儿，他出来，不说患了什么病，不说要开刀，只说：放心，能治好。

总督视他为上宾，热情款待。沈冷丹说：我习惯了简单，随便。他点了一碗阳春面。总督说：要什么药，我派人去抓。

他说：不必麻烦，我要的药，店里没有。

总督对管家说：传下去，本府的人和物，听凭沈冷丹调用。

管家说：贵客的房间已整理好了。沈冷丹指着总督的椅子说：把太师椅搬到我住的房间。

沈冷丹琢磨着如何开刀。小姐生了一个骑马痈，他的家乡慈溪的方言称为"纯拣克木"。那毒疮生在肛门下方，羞人的地方，不能说，说不出。

总督不知沈冷丹是绰号。他爱那把锋利的刀片，小小的，薄薄的，私下里，他将这把开毒疮的刀片叫冷丹，那是家乡的方言。于是，有人把他这个人和刀片混为一谈，还简称他为冷丹。他的家乡，贫苦人家无甚忌讳，病人和郎中相互配合。他还是第一次遇上总督的女儿这样尊贵的患者，不能直接手术，得间接"遥控"。

大半夜，他围着太师椅兜着圈子，仿佛太师椅是患者。他走累了又坐，仿佛享受总督大人的感觉，可坐在椅子上又不安，如坐针毡。由针联想到了刀。

他听见街上传来打更的声音。终于，他俯身，将刀片从太师椅底下戳上来，露出约半寸的刀锋，顺手把一块大红绸布盖在上边。

早晨，他叫陪伴小姐的丫鬟将太师椅搬到闺房。丫鬟按他的示意，扶起卧床的小姐，坐到椅上。

总督不知沈冷丹为何要女儿坐太师椅。

小姐虚弱的身体刚落座，突然"哎呀"一声，起身。

刀尖已戳破红绸，刺中小姐下身的骑马痈。

沈冷丹指令丫鬟，做出下按的手势，说：请小姐再坐片刻，病情就会好转。

小姐的表情是"奇痛难忍"，一股脓血已染红了红绸和裙子。

总督说：你竟用暗器伤人？！

沈冷丹示意丫鬟扶小姐卧床。然后，拿出一张药方，说：按此抓药。

总督接过方子，催管家：速去。

沈冷丹正视总督，平静地说：总督大人，今日起，小姐只要按时吃草药，好好调理，自会痊愈。

一个月后，小姐像花儿绽放一般，能在院子里走动了，仿佛换了一个人一样，说说笑笑。总督府内，上上下下，欢欢喜喜。

沈冷丹要离开。总督问他：可要做官？他摇头。总督备了银子。他拒收。总督疑惑，说：你要什么，请提出来，不必客气。

沈冷丹说：不能委屈我的冷丹，我要在京城落脚，开个诊所，兼带药铺。

总督笑了，说：区区小事，我看，就以冷丹命名。

三日后，总督陪送沈冷丹去了店铺。冷丹的匾牌也挂出，还出自名人的手迹。

沈冷丹发现，那把太师椅已摆在了店堂内。像在等候坐它的人。

一只布鞋

小男孩偷橘子被老和尚逮住了。

那是橘子成熟的时节。老和尚察觉树上的橘子常常少，草地上还留有许多踏过的小脚印。就像捉迷藏，老和尚隐藏在橘子园的一个角落里，这一天，他截住了断后的小男孩。其他小男孩溜得快。

一看小男孩，就是个小乞丐。

老和尚牵住小男孩的手，和气地说：跟我来。进了屋，老和尚示意小男孩吃橘子。显然，小男孩饿了。老和尚看着小男孩吃得满嘴汁水，就递给他一条湿布巾。小男孩擦了嘴，顺便揩了脸。污垢擦掉，小男孩仿佛显出了可爱机灵的原形。

老和尚终于问：橘子园用枸橘树打了篱笆，篱笆满是刺，一只猫也难以钻进来，你们是怎么进来的？

小男孩一脸得意，说：是我出了个主意，让同伴取来家里酿酒的蒸桶。他比画着说，蒸桶无底无盖，是空心圆桶，在刺篱笆下拨开一个洞，把蒸桶塞进去，就能从桶中爬进橘子园了。

老和尚笑了，说：你留在这里做小和尚好吗？有我吃的，就有你吃的，橘子随便你吃。

小男孩拜老和尚为师，跟着老和尚做功课，主要是念经。小男孩记性不错。老和尚说：你和菩萨有缘。

天天念经，小和尚有点坐不住了，毕竟，他过去沿街乞讨，走个不停，常挨饿。

一天，老和尚说：我老得走不动了，寺院简陋，我就一个心愿，修整寺院，兴旺香火，我想让你出去化缘，你以为如何？

小和尚眨眨眼，竖起食指，说：外出化缘，得依我一件事，拜托师傅将最小的那一间杂物间清理出来，塑个神像，相貌跟我一样。

老和尚出家前，是木匠，曾雕塑过佛像。他笑着点头，说：还没修炼到家，就想着当菩萨了？

小和尚来劲了，说：塑的像，那双脚，要赤一只脚，另一只穿鞋。

老和尚说：还淘气。

小和尚又说：塑好了，关起门，锁好锁，让塑像上落上灰尘结满蛛丝，不要清理。

老和尚点头。

小和尚穿了一件破袈裟，远足化缘。冬去春来，他来到一个繁荣的大镇，看见一幢气派的大宅，高围墙，黑漆门，院门两侧有一对石狮。他打听到，这是大户人家，儿子在京城做官，家中只剩一位老母，不愿离开故乡，只是每日念经拜佛，十分虔诚。

小和尚就对着院门口，坐在台阶的木板上，天天念佛经，敲木鱼。一连七天七夜。

大宅院内外，声声呼应。老太太叫管家到院外探个究竟，并问小和尚是化钱还是要食。

管家告知老太太：小和尚什么也不要。

老太太好奇，亲自出门来，问：你这样，到底要化什么？

小和尚说：我是天童寺的和尚，听闻老夫人敬佛，我特意前来接应，在家中，不如到寺中念佛烧香。

于是，老太太坐上官轿，小和尚在前引路。两日后，离天童寺还有一里路，小和尚说：我先去禀告师父，让师父来迎接老夫人，你们歇一歇再继续走。

小和尚抄近路回寺院。寺院的门前有一个潭，水已枯，已见泥。小和尚踩进，一只鞋陷入泥潭，他穿一只鞋进了寺院。

官轿到达寺院，老太太看见潭中有一串脚印，一只布鞋陷在泥中，好像等着脚来穿。

老太太说了来意，问起小和尚的去处。

老和尚一脸疑惑，说：没看见有小和尚出现过呀。

老太太坚持要寻找"接应人"。老和尚陪同老太太走遍了寺院。最后，只剩下一间小屋，还锁着门，锁有锈斑。

老太太说要进去看一看。老和尚说：是间小屋，已长久不开了。

老太太说：还是看一看，看过了，我也甘心了。

老和尚说：施主这么执着，我就破个例。

开了锁，老太太进门，手拨开蜘蛛网，她愣住了。

迎门的基座上，坐着一尊泥塑菩萨，竟然和接应的小和尚一模一样，还光着一只脚。

老和尚用拂子掸了蛛网和灰尘。

老太太说：寺院前的那只鞋，大小正合菩萨的脚。

老和尚念了一句佛号。

老太太连忙跪下叩拜，口中说：菩萨来过我家，引领我来此地。

一把雨伞

这是一个私奔的故事。

江南浪子到了峨眉山下，见到溪边蹲着一个浣衣少女，他多看了一眼。浣衣少女感觉有一双陌生的目光，抬头，瞬间，双方的目光对接一起。

那是明朝年间，宁波有一个高桥镇，镇里叶姓居多，叶家有个后生，叫叶正顺，自小爱习武，学了些花拳绣腿。他不安分，常常外出，打打街拳，卖卖膏药。看海多了，他想看山，高高的山，索性远游。他在一个地方待不久，可是，那小溪边浣衣少女的一个眼神，像丝线一般牵系住了他，他走不了。

叶正顺遇见一个樵夫，打听到那个浣衣少女是峨眉山道长张天师的独生女儿，叫青儿。他在峨眉山下的村庄、镇子卖膏药，打探到了张天师的底子，他就跑到张天师道观门前跪着。他从来没有这般耐心，跪的日子久了，终于被允许进了道观。

张天师看他有学武的天赋，清秀灵敏，且有耐性，就收他为徒。

叶正顺终于有了机会和青儿相处。青儿芳龄十六。不过，他发现，别说夜晚，就是白天，张天师也不给他俩单独相处的机会。常常刚想交流武艺之外的事情，张天师会突然出现，他们只好用眼神交流，他看出，青儿对他有意。

三年满师，张天师说：你该回家了。

叶正顺离家四载。跑过三江六码头，不如奉化芋艿头——张天师怎么看出他的胃已渴望家乡的食物了？土特产、海生鲜。他知道，师父不接纳他这个"毛脚女婿"。

张天师送给他一根龙头拐杖，说：回家的路途遥远，跋山涉水，走久了，用得上。

师妹青儿背着父亲，送他一把雨伞，显然是爱情的信物，还叮嘱道：路上无论遇到怎样的暴雨，决不可撑开雨伞，可要记住。

叶正顺跪别师父，下山。到了第一次遇见青儿浣衣的溪边，准备涉水，他手中的龙头拐杖突然活动起来，像一个活物那样晃动。毕竟有三年学武修道的底子，他知道其中的玄机，那可能是师父用拐杖来考验他的功底。

俗话说，打蛇打七寸。在叶正顺的想象中，拐杖已是一条传说中的龙。但他见过蛇，就掐住蛇的七寸。拐杖突然挣脱他的手，飞了，向山上飞去，像是投掷出去一样，不过，他看见那活灵活现的龙头在晃动。他忍不住跪下，说：师父，徒弟让您失望了。

叶正顺第一次感觉，回家的迫切，像做了一场远游的梦。他晓行夜宿，一个月后，终于闻到了熟悉的水汽——宁波姚江的一个古渡。过了江，就是故乡了。

那一天，狂风暴雨，台风的前奏。古渡的船停泊在江湾。那年头，渡船都装有竹编的遮篷。等待摆渡的客人钻进竹篷里避雨。人多船少，篷内挤不下。叶正顺来得迟，立在岸边。

叶正顺浑身上下已经淋湿，像只落汤鸡。水像瓢泼一样在他脸上流淌。耳畔响起青儿的话，雨水模糊了他的视线。他夹着雨伞，警示自己，决不可撑开雨伞，决不可撑开雨伞。

岸上，只剩下他独身一人，雨中，他听见船上传来的笑声，隐约的话音里，那是在嘲笑他。他冷得颤抖，心脏紧缩。他穿过雨幕，踏上船头。

船篷里，一堆脑袋。一只手伸出来，阻止道：都是没伞躲雨，你夹着把伞，还来凑热闹，你有毛病呀？

叶正顺咬咬嘴唇，一气一急，他撑开了伞。刹那间，风停雨止，撑开的伞像一个打开的包裹，里边飞出了一个少女，少女赤身裸体，投入江中，溅起水花。

水花如雨后的彩虹，五彩缤纷，犹如一袭彩色的绸带。叶正顺看出，那裸体少女不就是他昼思夜想的师妹吗？

师妹知道父亲阻止她和师兄姻缘，一定在伞中施了法术藏身伞中，撑开了伞，师妹害羞。叶正顺投入江中，潜入水底，将随行包裹里的衣服给了师妹。

对岸小河边，两个人浮出水面。

三天后，高桥镇叶家，有人来访。带来一把龙头拐杖，一个帖子。叶正顺认识那是师父的另一个徒弟。来者不问青儿的下落，只说：重上峨眉山，不可半途而废。

显然，张天师掐算出了女儿会私奔。

不过，叶正顺猜出师父已默认了他俩的婚事。毕竟已见青儿的身子。他不敢耽搁，跟新娘言别——青儿始终没露面。

新娘让他带上那把伞，有了雨，可撑开。叶正顺跟师兄上路，龙头拐杖也安分了。过渡口逢了雨，他撑开伞，总觉得青儿伴随着他，他发现，雨线在师兄的头顶，让开了，竟不受淋。

那个渡口，叫青林渡，因叶正顺得名，起初叫清淋渡，后人将三点水去掉，流传下了一句老话：落雨勿戴伞——清淋。宁波话里的戴，即撑之意。

后记：创作想法

出版社副总编辑张越要求，写个自序或后记。自序在集子的最前边，我从上学起，就畏惧站队列的头一个，因为我是路盲，害怕"领"错队。工作了，有一个报社的朋友来余姚请客，告诉我一个餐馆，可我没有那个地方的概念，还是他派车来接我。自己的地盘也没有数，这成了一个笑柄。有几次坐主席台的感受，总觉得高处不胜寒，开会，坐前排，我也不自在。我喜欢坐后排，总是提前到会场，选择最后排的座位，进退自如。所以，我抵触自序，还是选择写后记。躲在作品的后边。

阅读一本书，我习惯先看序言或后记，那是一个"世界"的路标，如果没有序言或后记，我仿佛不知怎么走——怎么进入一本书的世界。将心比心，凭自己阅读的感受，就给读者提供一个路标。《江南聊斋》第一部已于 2020 年出版，该说的话也说过了。《过手》是同一个系列，以四个词为引子，且作四点说明。算是给读者提供阅读线索和背景吧。

一是书名。新笔记小说集，"过手"为主名，"江南聊斋第二部"为副名，属于江南笔记系列。卡尔维诺在《未来千年文学备忘录》中，提出小说发展趋势是"利用库存资源"，他还采集了一厚本的《意大利童话》，将童话和小说对比阅读，可看出其小说中的童话元素，尤其是"祖先三部曲"。

这个转化的过程，我称之为"过手"。编江南聊斋第二部文稿，我拎出其中一篇《过手》为书名。主要考虑，一个书名在某种意义上能罩住或托起一本集子。取其意象，揭示秘密。也就是我创作的方法。所谓过手，就是以当代视角和时代精神，发现和提炼传统民间文学"库存资源"，像那个郎中，过一下神手，转化为江南新笔记小说，注入新意，强化其轻逸，塑造有中华美德和人文精神的可爱可亲的人物群像，保持现实主义的质地和文学审美的诗性。中外文学，有众多作家这样"过手"，比如，阿根廷的博尔赫斯，日本的芥川龙之介，法国的图尔尼埃、尤瑟纳尔等。2022年国际布克奖韩国作家郑宝拉的短篇小说集入围，小说集《诅咒兔》取自斯拉夫民间传说，郑宝拉将其移植到当下韩国的日常生活。这就叫过手。将过去的神话元素移植到当下的空间。中国有丰富的"库存资源"，被许多外国著名作家"利用"过。我也曾"利用"过日本、印度、伊朗的"库存资源"。我的《过手》更是向蒲松龄的《聊斋志异》、鲁迅的《故事新编》、汪曾祺的《聊斋新义》的致敬之作。

　　二是方法。一本书像一片原野，一只鸟在泛着稻浪的田野上飞过，我视那只鸟为一个意象。编毕此书，恰应邀举办了一次微型小说讲座（微信群里），我选了《凉亭》为例，即兴展开的话题，关键词为：谱系、母题、时代精神。我将《凉亭》放入话题来发挥。所有的小说均有谱系和母题，就是有"来路"，作家常常脱不开、跳不出。所谓谱系，爱情、傻瓜、疯子、大海、森林、旅行等等构成故事有限的模式。

所谓母题，有寻找、逃离、回家、报复、嫉妒、孤独等。有些经典作家终其一生的作品，就是表现一个母题，坚持一个谱系。比如马尔克斯写孤独，门罗写逃离。那是作家灵魂的取向。写微型小说，"型"微小，但作家的心灵要"大"，这样才能以小见大。《凉亭》的谱系可归为乌托邦小说。有正有反，还有反乌托邦小说。关于乌托邦小说，古今中外有强劲的谱系，比如，中国的桃花源。《凉亭》跳不出这种谱系，唯一的方法，就是那张账单，进乌托邦似的村庄前，也被暴雨化为纸浆。那个凉亭是中国式乌托邦的入口。蚕宝宝、小黄鸭，是生命的象征。那是一个讲诚信又和谐的村庄。怎么表现时代精神？账单被暴雨销毁，没了证据，村里居民积极主动来付账。当下缺失什么，文学就补什么。这就是我认为的文学中表达的时代精神。我曾在塔克拉玛干沙漠边缘的农场生活过二十多年，师部动员抽调各团场的青年骨干，新建一个农场——青年城，在戈壁滩上，到了一看，一派荒凉，青年失望。场长是老红军，说：现在没有，才叫你们来创造幸福。我发现，新疆的民歌很优美、嘹亮，像《草原之夜》，被称为"东方小夜曲"，背景是荒凉的戈壁沙漠，那一带老兵在艰苦的环境里垦荒。《草原之夜》唱出了垦荒年代的时代精神，现实缺失，艺术充实，给个念想。《草原之夜》是一盏希望之灯，在茫茫荒漠的夜色里。我儿时进沙漠，也有类似的体验，只不过，我迷路，望见了一堆篝火，篝火前捡柴的老师还唱着民歌，自己即兴填词。一只鸟，一盏灯，是一个意象。我在讲座的时候，察觉了《凉亭》里的账单的细节，以及蚕宝宝、小黄鸭，共同组成凉亭的意象，我在潜意识中过手，讲座使我有了审视的契机，像过那个凉亭。

三是动因。我创作系列微型小说，习惯六七个系列交替并进，比如沙漠、上海青年、老兵、艾城、江南聊斋等系列。每个系列分类归档，"冷藏"起来。写毕一篇，就知道该归哪个系列，一旦人物出乎我的意料，做出其独特的"行动"——鲜活了，我就会赞赏人物，说：你表现不错。就像在农场接受"再教育"超额完成任务，连长也这样说。而且，在草稿的右上角打个钩，如同老师批改作文。江南聊斋系列，写了两部，第一部像出去探路，出版后反响良好。恰逢其时，获浙江省作家协会2018—2020浙江省优秀文学作品奖（短篇小说类），还加持了一个广东省东莞第四届杨辉小小说成就奖。这么一来，我起念——有了动因，趁热打铁，将"冷藏"的第二部打出（我习惯了手写），计64篇。就好像披星戴月，适应了走夜路，从容自在了许多。在生活上，我粗枝大叶，毛毛糙糙；文学上，我是一个细节主义者。其实，所有的故事都有谱系有模式，怎么写出新意，无非是细节的运用，让细节跳出故事的模式，写出"这一个"。讲好故事，写活人物，用妙细节。操作层面，凭多年的写作经验，我归纳为：紧贴人物运行中的细节写。细节动，人物活。仿佛我追随运动中的人物，不多干预，看其表现，只做一个忠实的记录者，像焦点访谈，把握每一篇作品每一个人物的焦点——细节。往往是，一篇作品完全构思好了，仅仅有个曲折的故事，我就兴趣不大。常常知道前半部分，后边部分多由人物走成，唯有一个人物会那样做，甚至所谓的结尾，轻轻放下。《过手》的许多篇，我和人物都保持着这样的关系：不掌控，不预设，让人物随意。写作的乐趣就在其中。再则，微型小说是自由自在的文体，我创作一篇小说的动因，必须先有一个条件：一个有意味有含量的细节。小说写的是形而下，但要升到形而上。细节运行到一定的程度，就自然而然地生成意象。雷蒙德·卡佛十分讲究细节。我与他的创作心得有共鸣，他有一句话，我视为创作的座右铭："作家用平常准确的语言描写平常的事物，赋予那些事物——一张椅子、一面窗帘、一把叉子、一块石头、一只耳环——以巨大甚至令人吃惊的力量。"卡佛也曾把我喜欢的作家伊萨克·巴别尔关于标点符号的话列为座右铭，写到一张卡片上。二十多年前，我去印制了类似的卡片，现今继续使用。我基本不用感叹号。至于人物"惊叹"了是人物的事儿。我只是好奇。

四是素材。经历和阅读是我创作的素材资源。我把作家分为两类：一是从经历到创作，即经验型写作；二是从阅读到创作，即重述型写作。我童年有一段刻骨铭心的历险：那是"禁书"的年代，我念小学五年级，与一个拥有"禁书"的上海青年交往，像谍战片中的地下工作者秘密接头，我借他的书，他让我找书。这种交易，我的"情报"无法满足他的要求，他刺激我，说他有一箱书在藏在沙漠里。塔克拉玛干沙漠"进去出不来"。我无法提供他需要的"禁书"，就绕过他，舍近求远，贸然进入沙漠寻找他声称的那一箱书，差一点"出不来"。幸亏，我以小男孩的本能，追随着一只狐狸出了沙漠。夜色里，我赋予狐狸火红的颜色：火狐。那一箱书是一个谎言，像沙漠中的海市蜃楼。多年后，我以长篇小说（《塔克拉玛干少年》）、短篇小说（《诱饵》）、微型小说的形式，重现了那一段经历——寻找的故事，仿佛我还跟随着那只火狐。这属于经验写作。过后，那个上海青年安慰我，给我看了藏在他床底下的"那一箱书"的若干本，其中有中国民间故事，还有一本捷克民间传说集（我的印象尤为深刻）。当时，我看过了就过去了。但是，多年后，可能那是一个"诱饵"，诱发了我对民间故事的兴趣，我搜集各地的民间故事集成，还听老人讲传说，以及各国的民间故事（包括卡尔维诺的《意大利童话》），于是，我自然地转入重述——从阅读到写作。毕竟经验写作有限，阅读无限。我创作了轻逸的新笔记小说：江南聊斋系列、西部笔记系列、沙埋王国系列，均为我生活过的浙江和新疆两个故乡的经历和阅读的素材，走和飞交替，也同步关注现实，继续创作艾城系列、意外系列等。

附：名家聚焦

2023 年 4 月 23 日，谢志强小说研讨会在王阳明故里余姚举行。当代文坛名家在会上以不同的视角关照谢志强写第一故乡的笔记小说《过手——〈江南聊斋〉第二部》，进行了富有建设性、启示性的评论。

文学的样子

《文艺报》总编 梁鸿鹰：究竟什么是文学，我们心目当中所想象的文学应该是什么样子的？有些作品我们看了也就看了，感觉它跟我们对文学的想象还是有距离的；有些作品，觉得它还在路上；有些作品，就觉得它还不太行。有一类作品是我们觉得确实是我们想要的那种样子，尽管它的形式跟别的不太一样，可能还不是主流，或者还不那么火，但是它确实是我们心目当中文学的样子。我认为谢志强的小说，就是我所想象的文学的样子。小说就应该是这样子的，文学就应该是这个样子的。

从我个人角度来讲，我认为作家有这么几种类型，当然也不是我的首创了。一类是农夫型作家，他们就生活在自己的那片土地上，写自己土地上的事。这属于安土重迁，始终有一个根据地，是这样来经营的。还有一类是水煮型的，他们周游世界，行万里路。不同的生活经历，构成了他们写作的主要内容和范围，形成一些风格。像杰克·伦敦、海明威等，属于这样的作家。同时从另外一个角度上来认识，我认为有一类是书斋型、研究型的作家，或者说是反刍型的作家。我读了一些东西，有了感悟，这就是书斋型、研究型的。还有一种作家，我姑且把他概括为幻想型，比如写科幻小说的作家，韩松、刘慈欣，他们写的东西和他们的生活完全不是一回事，就是凭自己的想象，凭自己对科学的认识去写作的。阿西莫夫写了那么多东西，难道都要他去经历吗？他属于幻想型的作家。

判断一个人是不是文学行当的，还是有一个标准，你做哪个类型的作家不重要，关键是你写出来的东西是什么样的，是不是文学，这个是最关键的。谢志强的作品给予我们非常好的启示，我之前没有读过他基于新疆生活创作的小说，我觉得是非常大的损失，以后我有机会会去看，看看基于自己生活经历的小说是怎么写的。

《过手》应该说跟作者自己的生活是拉开了一定距离的，是属于书斋型或者叫研究型的作品，当然也有幻想和想象的成分。谢志强的作品当中，写出了人物的性格，写出了时代的氛围，写出了文学的那种逸韵，你能从中看出境界，看出一个作家对人生、对文化、对社会的认识，这体现了他的洞察能力。对此有一个非常好的说法，就是这个书名——过手。我觉得过手对于每一个作家都是非常大的考验，你怎么过手？过手就要先过脑，你要对自己写的东西先了然于心，再把它转化为文字。我们好多人有了生活经历、有了构思，怎么把它完整地呈现在纸上成为一个作品、成为一个世界，这个是要过手的。过手真正的考验之处就是过脑、过心。

说到这部作品的形态，我们古代文学当中有一个非常好的传统，就是笔记体小说，冯梦龙的"三言"、蒲松龄的《聊斋志异》就是笔记体小说。还有林斤澜、汪曾祺，他们继承了这个非常富有文化底蕴的传统。但是我认为这个传统，在汪曾祺之后被大大忽略，或者被削减，被损耗。这里面有几个原因吧，一个是商业化的原因，我们写长篇，可能经济利益更多一些，容易商业化；写短篇经济利益就差一些，微型小说就更差一些。还有其他的一些原因，社会生活速度的加快、节奏的加快、传播的加快等等。谢志强致力于这方面的写作，对于他的这两部作品，我们把它们归为微型小说，或者叫笔记体小说。对于这种类型的小说来讲，最大的考验，一个是提炼，另一个是——我还不好概括这个东西——就是说它有好多内容是基于传说和史料，基于历史上有依据的一些东西。对于作者来讲，他的提炼是非常重要的，另一重要的是怎么把它转化，怎么重述，是某种意义上的重述，但是还不能直接地重述。如果你把这种东西翻译成现代汉语，把明朝的东西翻译成现代汉语，那不是创作，那叫翻译、古文今译。其实这对他的考验也是非常大的，怎么处理这些问题，怎么让古代的这些题材焕发出当代的时代精神，我觉得是非常大的考验。

就我粗浅地阅读之后来讲，我觉得他的探索是成功的，他真正能把故事讲好。写小说就是讲故事，短篇小说还有一个要义，要把一个画面、一个情境说清楚，要有逸韵。在作品当中，他复活了中国文化当中的一些传统，那种长幼有序、子孝父慈，他恢复了一些文化上的东西，对其进行追溯和重新认知。作者是以故事的方式来展示的，没有把它概念化，我觉得这个是非常好的。

同时作品里面，还是有一种当代精神的关照也好，或者说是从当代的视角对素材进行重新认识。同时他也揭示了五行八作的生活，我们认识社会历史就有了很好的一个视角。比如他在里面写到医生，写到中医，写到大夫，他们在古代怎么对待患者，怎么来机智地让他的工作运行。陈小手，大家都是耳熟能详的，陈小手是一个骑白马的大夫，这个故事大家都很熟。谢志强也写到了一个富家小姐得了阴疮——在古代，女人生了病，是非常麻烦的事情，平民就不说了，富家小姐生了病以后，大夫如何去医治？从故事里可以看出古人的智慧，一个好的医生也是一个心理学家，怎么承受生活压力，怎么在传统礼教之下去行医。我们从中可以看到对当时的社会状态的一种还原，也可以看到谢志强本人非常机智，非常注重细节。他的作品是通过细节，无论多短，都是要通过细节来讲，我觉得给我提供了非常多值得借鉴的东西。

《过手》里面这么多作品我看下来，既有故事上的起承转合，有序地推进，同时看到人物性格是由细节来表达的。另外非常好地体现了中国传统文化当中的那种表达方式，有留白，也有言简意赅的东西，不赘述。它的好处是止于当止，尤其是作品的结尾，到了当止的时候就止了，并不是说不给读者余地，不说那么满。所有的东西都体现了中国小说的那种审美认知。所以我由衷地祝贺作者，他的作品就是我们所向往的文学的样子。而且我认为个人写作从中可以学到很多东西，如何排篇布局，如何来推进。很多写微型小说的作者，他的性子是急的，一定要把很多东西堆上去，否则的话不过瘾。但到了谢志强手里，剪裁是非常好的。这里面还有很多作品当中都会写到的梦境，这是他作品的一个关键点，一觉睡到天亮，当中他的梦和他的作品的关系。当我们有时候对人物性格和思想把握不好的时候，或者觉得要发挥的时候，就应该写他的梦，梦由心生嘛。这个我认为也是非常巧妙的。但是用多了可能会觉得有一些重复。对于一个短篇小说家来讲，对于一个散文家来讲，一些作品，当它们结集成书的时候，风险是非常大的。《过手》这一部作品当中，这么多微型小说，如何让它的东西不重复、不单调，这对作家构成了非常大的考验。

微型小说怎么处理人生经验

《十月》杂志主编　陈东捷：我看了一部分，也能看出谢志强小说的一个大的特点。《过手》我看了后记，作者是同时写几个系列，《过手》只是其中一个系列。笔记小说、微型小说是中国小说的一个特殊门类，很多作者都是专门写微型小说的，谢老师是长篇小说、中篇小说、微型小说都写过，谢老师目前也是以写微型小说为主。中国作协发展会员的时候，好像微型小说不成文地变成一种门类，我觉得微型小说严格意义上叫笔记小说，是中国小说的一个发端，是本土小说的发端。我知道的最早笔记小说像《搜神记》那些志怪的小说，讲神怪的故事；后来发展为志异小说，从写鬼、写怪，最后变成写人，但是还是以一种写传奇的方式来写作。《聊斋志异》我觉得是一个顶峰了，作为短篇小说来讲，作为微型小说来讲，怎么命名不重要，它是一个顶峰了，因为它有很强的现代性，处理人的经验、人的命运，它是以传奇的面貌出现的。

《过手》这个集子，我觉得也是承续了中国笔记小说的传统，每一篇处理的是一个问题，或者一种观念、一种情感，而且在短短的篇幅里面能处理妥帖。这是我读过的中国传统小说里的一种写法。

还有在语言方面，我特别讲一下作品的语言，虽然是当代的白话写作，但是这种语言还是有古意，作品以短句为主，这种语言比较少见。在目前传统写作方法里面，这种语言本身比较少见，以及叙述的腔调本身，还是和传统接续得非常严丝合缝的。你读这部作品，就跟读过去的笔记小说，包括一些传奇能通上气，有很强的亲近感。因为这部作品的语言本身不是那种外来的语言，是自己本土的语言，这种语言包含了大量的集体回忆式的东西。阅读的舒适度本身也证明了这一点，这并不单是语言技巧的效果，它是一种内在的精神的契合。当然这种舒适度是另外一个话题，是要追求一种舒适度还是要打破一种舒适度？我觉得这部作品读起来还是很舒适的。我认为谢老师的小说和传统笔记小说这种承续是有目共睹的，认为是得到一个普遍的承认吧。

现在的微型小说也好，笔记小说也好，怎么处理复杂的当代经验？单纯的一篇微型小说可以处理一种经验、一种情感或者一种观念，然而，非常复杂的经验，有没有可能从这么小的篇幅去处理？我看，起码从《过手》来讲，谢老师试图用当代的方式去处理过去的经验，包括用中国的方式处理外国的经验，《过手》的取名本身也是有这个用意。

设定"低魔法"世界，投射时代精神

《当代》主编 徐晨亮：之前也看过谢老师的一些作品，这次看了他的《过手》，被称为"江南新笔记小说"的这一本集子之后，又联想到之前看的谢老师的作品，确实是一再地刷新了我对于这样一种文体或者文脉的认识。传统笔记小说比如《搜神记》以及《聊斋志异》，一直延伸到当代文学中我们讲的微型小说，其实是构成了历史非常悠久、内涵非常丰富的文脉。我是天津人，天津的冯骥才先生的《俗世奇人》这个系列又出了新的作品，充分体现了这样一个文体的生命力。谢老师自己的作品，从它的题材，包括深度来讲，可能更是当下这样一个文体里，在全国范围内的佼佼者，而且给了我们很多对这样一个文体新的认识。

为什么这么说呢？我一直做文学期刊的编辑，我现在在

《当代》杂志做主编，包括以前在《小说月报》编辑部工作过。很多时候，比如《小说月报》，出版中篇小说、短篇小说，并没有一个单独的栏目去呈现微型小说或小小说，但是最近几年出版社专门做了一个《微型小说月报》，有一个新的平台。总体来讲，感觉文学期刊界会把微型小说或者小小说独立归成单独的一个领域。甚至，比如微型小说界或者小小说界的作者评价活动，也都是独立于其他的小说界的活动之外。这个我觉得是特别奇特和特殊的现象，比如写长篇的作者和写短篇的作者可以一起来讨论小说的写作，但是有的时候写微型小说的作者，却另成一类。我觉得这当然是不正常的，或者说种种特殊的原因造成了这样一个格局。其实在这样一个背景下，我认为有时候，有意无意中低估了微型小说或者小小说这样一个文脉的文学的价值、文学的意义，包括它对当代生活的呈现。

我看谢老师的小说集，包括他后记里的介绍，他同时在进行多个系列小说的创作，从这里面可以看出来，谢志强老师对于这样一个文体的经营，他有非常强的规划意识，还有一种非常强的技术层面的思考。我看到《过手》这个集子里面，有好几次提到了谢老师和孙方友先生关于微型小说的记述，"翻几番"这样一个问题的相互交流。我觉得这个是特别有意思的一点，这可能也体现了谢老师自己对于这样一个文体的叙述方式、叙述的结构的思考，从技术的层面他有很多的实践，有一些自己提炼出来的规律性的东西。我看到关于"翻几番"的说法之后，我再回来看集子里面的作品，我觉得更能体会谢老师在结构上的用心。有时候因为微型小说或者小小说的篇幅之短，忽略了其实它也是有结构、有设计的，在技术的层面上我觉得谢老师给我很多的启迪，让我意识到以往忽视掉的很多问题。

语言的方面，刚才东捷老师也谈了，我就不重复了。这个小说集的语言是有古意的，但是并没有故意扭摆做旧的姿态，这是非常不容易的。

我重点要说的是，我觉得谢老师的小说集的64篇作品，如果把它放在一个整体中来看，它给我们建构了这样一个世界：这个世界里面有所谓的达官显贵、王公大臣，也有村夫妇孺，也有僧人、匠人、读书人。这些角色过往对我们来说并不是那么陌生，不管是古代文学作品，还是民间故事、民间寓言里，都有这样的人物出现。但是如果看完整部小说之后，把它看成一个整体的话，就觉得谢老师笔下的王公大臣、村夫妇孺、匠人、读书人构成的那个世界是一个我们熟知的古典的寓言的社会，那个社会是不同的，仿佛是他另行打造出来的一个平行时空一样。在界定这本书的时候，我一开始看的是《江南聊斋》第二部，但是老实讲它的"神怪"色彩并不是那么重。如果用现在网络小说的一个界定词来形容，这是属于"低魔法世界"，您这个是属于"低魔法"设定的世界，没有那么多变形的东西在里面。但是去推动整个故事叙述的进展、翻转的东西究竟是什么呢？不是"鬼神"这种"魔法"，其实我们可以归之为民间的"礼""义"这样一种绵延的体系。

我就举一个例子，比如集子里面有一篇小说叫《青布拦腰》，这可能是我们特别熟悉的那样一个故事模型：落难的君王被村姑所搭救，留下一件信物，若干年他登基之后，要找到这个村姑，让她当正宫皇后。但是这篇小说的结尾，当地的每个村姑都把作为信物的青布拦腰挂在门口，以至于再也找不到当年哪一个是搭救过落难君王的女子。这是一个特别有意思的设定，也就是说，我搭救了你是基于某种礼仪，但是我不屑于进入你的这个秩序里面，成为你的皇后。这在民间称之为智慧，或者称之为对于世界的一种非常独立的判断。这种价值观，或者说这种选择、这种判断，特别具有当代的精神，当代人的这种价值观投射在里面，不同于以往我们看到的很多同类的一些寓言。这个村姑实际上是非常当代化的人物。

从这个角度再看谢老师的《过手》小说集，里面真的有很多给我们启迪的地方。我们未来真的是需要重新思考，小说的容量和篇幅之间的关系。老实讲我们很多时候，我们去讨论当代小说、当代文学的时候，还是有对于长篇的一种迷恋、一种执着，仿佛只有长篇的作品才能写出史诗的感觉；有的时候对于短篇小说都有一种压抑；对于微型小说或小小说这一门类的意义，我觉得仍然重视得不够。其实在当代生活里面，这种文体，它的生命力可能是超乎想象的。我自己去看朋友圈，大家分享的，或者视频号里分享的短视频，这其实就是另外一种形式的"微型小说"。在朋友圈里面传播很广的视频，其实从中能看到大家对于短故事的心理需求，以及对于它的表达的那种呼应、那种回应。

什么东西在非常微妙地颤动

《中篇小说选刊》主编 林那北：一个人能够专注于一种体裁，专注于这种形式几十年，孜孜不倦地进行写作，其实很不容易，因为人是特别容易见异思迁的，总是有更多新的想法、企图、雄心和野心。但是谢老师几十年坚持下来了，我觉得是特别可贵的。

第二个可贵是我觉得他对脚下这片土地的热爱。一个地方确实特别特别需要有一群人，能够对这一块土地发掘、发现、探索、表达，这个更重要。怎么表达出来很重要，土地是安静的，只有人代代相传的时候，它是活的。人必须用自己的一颗热忱之心，去跟土地接触，发现土地上最珍贵的往事，或者当下的事情。

那也是你熟悉的土地。我们后来读到的，阅读的你的微型小说，已经很陌生了，跟我们以前读的很传统的那种，确实还是有不太一样的地方，有创新的东西。但又跟我们读像欧亨利、莫泊桑创作的那种类型的小说不一样，它可能在故事上会集中在某一个点上，它的处理方式确实还是和你不太一样的。你这个是自成一体，有非常可贵的人文气息，或者是徐晨亮说的古意。

我其实很想学习你这个文体，因为我对历史特别感兴趣，对福建的历史我也一直在学习中，我做了很多纪录片都是历史方面的，所以我对你的这种写作文体一直想学习一下。这两天我也在读你的小说，你写的《过手》中的《给大海唱戏》，一个痴迷于戏的人，在岩石上唱歌，这个我觉得非常非常特别。一个人在大海上把岩石作为舞台在上面演戏，跟他儿子传递他的这种对戏的痴迷，大海好像也真的在听。但是最后他儿子变成做糖人的小贩子。其实这都是有很多人生的换位思考在里面。我们写小说好像经常会强调命运感，强调一种整个人跟世界之间，有很多心灵上的微妙的感应。你的小说中这些东西都有。

写微型小说是一个非常有挑战的事情

《雨花》主编 朱辉：微型小说也是我们年轻的时候就接触过的一个文体，甚至尝试创作过。我记得我处女作就是用文言文写的笔记小说，发表在《青砖》上，但是现在他们叫我回忆我的第一篇小说是什么，我从来不承认是它，我承认的是发表在《青年文学》上面的《在劫难逃》，因为那个比较像样一点。

写微型小说是一个非常有挑战的事情，也非常迷人和有趣。对于一个作家来说，我们知道写小说是要有一个腔调的，一出口就是什么腔调，大家都比较追求这样的风格。但是写微型小说，它的篇幅比较短，它的篇数就会比较多，一本书可能就有几十篇，在这几十篇中，又不应该只呈现出简单的某一种或者两种写法。这本身就是一种矛盾，一种挑战，既要有统一腔调，写法又不能一样，这其实难度是很大的。我后来被微型小说吓跑了也是有这个原因的。但是我觉得微型小说或者小小说，这个名字有点奇怪，评鲁奖的时候把它放在短篇小说里，为什么不叫极短篇小说呢？这是我随便瞎说的，既然没有统一名字，一会儿叫微型小说，一会儿叫小小说，那长篇小说叫大小说吗？肯定也不对。叫极短篇小说，我觉得倒是成序列了。

谢老师在微型小说上的训练，实际上已经达到了一个很高的境界。他有一个优点，他的阅读视野显然已经跳出了有些微型小说作家那样比较狭隘的视野，他们知道很多志怪的小说，但是他们未必知道，比如说卡佛这样的现代作家。卡佛在短篇小说作家里面，相对来说写得作品也是比较短的，像门罗的就很长了，三四万字的都有。所以谢老师的阅读视野还是宽的。而且他也明白，物件的细节，在极其有限的篇幅中，它能够绽放出巨大的意义，他明白，所以他用得还是蛮好的。

微型小说是螺蛳壳里做道场，它的第一特征就是"短"，就是"小"，一两千字。在有限的篇幅中要完成小说的任务，比如塑造人物，比如说有很好的情节，比如说有某种逸韵或者趣味，这个其实难度很大。所以以微型小说为业，是一条很艰辛的路，谢老师一路走来也特别不容易。也有一种说法叫江南新笔记体小说，我不知道这个，当然对于谢老师说，他也不需要这样一个头衔来概括他的小说。我看了一下《过手》，其中有一些篇目，像《凉亭》《被子》《阶沿石》《给大海唱戏》都比较好，我觉得是书中的上乘之作。而且谢老师的语言意识很强，江浙一带，浙江，本来就是对语言很讲究的一个地区，江南的语言。谢老师是浙江人，他的语言意识还是比较强的，像《凉亭》里面有一句，"农夫领着小贩进了凉亭村，村里到处都是桑树。转了一圈，仿佛撒下声音，满村都响着小鸭的叫声"。我觉得这个写得挺好的。

笔记小说是一个金矿

《上海文学》执行主编　崔欣：金宇澄老师以前有一个很有名的说法，他说，长篇小说是一整条的清蒸鲥鱼，短篇小说是清蒸鳕鱼段，是取鱼身上最好最肥美的一块鱼肉来清蒸。如果把这个比喻类推下去的话，微型小说就是鱼脸上的那块巴掌肉，是精华里的精华。金老师和我，我们都对古代的笔记小说很感兴趣，《上海文学》每年的第一期都是有短小说专号的，我们没有用小小说或者微型小说的名义，但其实我们发的小说基本上都是两三千字篇幅的，其实也可以算作微型小说吧。

我觉得从中国小说的传统来说，笔记小说其实是一个富矿，但是我们现在作家更多的是受西方小说的影响，真正能够在传统文学里面挖掘的作家其实还蛮少的，在这一点上我对谢老师的写作充满了敬意。而且他的作品能够立足于相关文献和民间传说。我自己也是古文学文献专业出身的，看他的小说也觉得很亲切，能够看出他做了很多案头的工作，参考了大量的资料，同时又有对自己家乡的乡邦文化的挖掘和一些考证。我喜欢《过手》，我觉得它书写得相当自由。

江南聊斋是一个好提法

《青年文学》主编 张菁：首先来说，微型小说是一种非常难以把持的文体，它不仅要求作者在很短的篇幅内爆发出自己的文学力量，同时它也需要一种独特的思维方式。

就中国而言，微型小说又是一个历史悠久、源远流长的文体。如果从《庄子》的那些寓言小故事说起，那微型小说起码有2000年以上的历史了。很多古籍里的片段，我们都可以理解为微型小说的雏形。所以微型小说这种文体与历史文化，与传统的古籍、古典文化有分不开的关系。

同时这个文体，又需要创新，因为世界上有许多的名家都在写这种微型小说。日本作家川端康成有本书，叫《川端康成掌小说集》，手掌的掌。因为微型小说在日本叫掌小说，在我们中国以前的报纸上有时候也叫一分钟小说。在书里，川端康成有的时候一个作品就塑造一个意境，甚至有时都不讲一个完整的故事。这也是另一种写法，值得我们参考学习。

就谢志强老师的作品而言，第一点就是谢老师的作品里面充分地吸收和发挥了中国民间故事的传统。

他的作品很多写的都是乡土性的民间古典故事。民间故事的传统就是古的，我们可以叫古装题材作品。这些作品像是古人写的，从古籍中来的，但同时又有现代的气息。这种对于民间文化、民间故事和中国古籍的继承和发展，是谢老师作品的非常有特点的一面。

具体地说到古典文化，我们开篇所看到的几篇作品，他写的都是与戏曲有关。给大海唱戏，讲唱戏小八仙儿，或者是《乌纱帽》《入戏》《罚戏》等等，这都是地方戏曲故事和民间故事。

同时谢老师的作品有很强的抒情性。这也是微型小说中不容易有的。

微型小说篇幅短，太多的语词发挥不开。所以很多微型小说的文笔，它走的是趣味路线，没有那么追求诗意。谢老师的作品，整体上非常地诗意，文笔很美，非常地精短，三下五除二，两三句，简洁凝练同时不简单苍白。这也是谢志强老师作品的另一个特点，诗意，清丽。

有的故事非常有意思，《亭子里有个贼》，主人公是个屠夫，做狗肉生意的屠夫，富了以后想挤进文人圈子，跟文人们、诗人们一起诗词唱和，后来一起赴雅集。路过牡丹亭，他把诗词歌赋的赋念成了贼啊。就这么一个小故事，写得特别有趣。

再来谈一谈，这部书叫《江南聊斋》第二部，这是一个非常好的提法。

最近有本儿书叫《江南志怪集》，本身志怪也好，《聊斋志异》也好，它和江南并不是并称的。《聊斋》原本是北方文化的产物，《聊斋》的作者蒲松龄是山东人，《聊斋》中的曲子是北方的各种曲词。江南聊斋，这本身就是对微型小说，对古典文化的一个创建。谢老师的整本书里，它的意象，它的素材，它的味道是南方式的，甚至它抖包袱，它的趣味点也是南方式的，这是江南式的东西。他借鉴了《聊斋》里的人情世故，世态炎凉。那《聊斋》里面有鬼故事，以鬼故事为主。但是《聊斋》里面有很多的故事，重点不在鬼魂，甚至有个别故事它也没有鬼，没有什么太多的鬼怪的成分，它重点讲的是人情世故，世态炎凉。甚至有的时候，聊斋有的故事就一两句话，就是讲一个新闻或新鲜的怪事。这是《聊斋》。江南聊斋的提法，既结合了江南的审美趣味，又借鉴了《聊斋》的传统，这是非常有价值的。

放下以后，会有很多思索

《人民文学》编辑部主任 马小淘：我之前与微型小说接触比较少。我觉得要把时间、地点、人物、起因、经过、结果放在一个很短的篇幅里是很困难的。实际上生活里很多事情都是这样的，闪婚的难度一定是大于爱情长跑的，你想在短时间内办成一件事，特别有难度。我之前在网上百度了一下关于微型小说的种种，发现了一句汪曾祺说的话，他说，要求微型小说有广阔厚重的历史感，概括一个时代，这等于强迫一头毛驴去拉一列火车。他的意思是说，微型小说只是一个片段，不需要承载非常大的意义，差不多就行了，不能对它有过高要求的。但是我看了《过手》以后，我觉得汪曾祺老师说的，对于单篇微型小说来说一定是对的，你不能在一两千字里要它有一个非常宏阔的东西，一个庞大的意义；但是我觉得当谢老师把微型小说作品集中起来做成一个集子的时候，我仿佛也看到了一整列的火车。当一个作家的东西集中放在一起的时候，你能感觉到他对这些东西的规划和用心。

当一个人在真诚地写作的时候

《收获》编辑　余静如：我自己是非常喜欢微型小说的，我记得有一本杂志叫《微型小说选刊》，小时候常看。

看谢老师的《过手》，我从一个编辑变成了一个读者。我觉得编辑其实是有一种职业病的，看一篇小说的时候，不管它多好，都喜欢在里面挑一点毛病。但是我在看谢老师小说的时候，我就已经忘记了自己是个编辑，就好像回到最初阅读的感受。我认为编辑也好，作家也好，最初都是一个很简单的读者，阅读给我带来的就是，比如人生观、价值观的形成，还有对于它的情节和故事的一种享受。这种最初的感动，我都在谢老师的小说里找到了。

我刚才听各位老师讲话，其实好几位老师跟我的想法都挺像的，有几篇给我印象比较深，我比较喜欢的小说。一是《给大海唱戏》，我首先看的就是这篇，这篇让我觉得特别惊艳，因为我觉得这篇小说其实已经完全摆脱了传统小说的局限，其内核是非常现代的，甚至是非常超前的一种精神。它讲的就是一个人生价值和人生观的问题，他父亲是一个会出海，能唱戏的人，但是因为做了一个梦，我觉得是一个很浪漫化的表述，让孩子不要再乘船。在海上遇到海难的时候，他父亲也是有一个非常浪漫的想法：大海要听我们唱戏，我们就唱一出戏。其实我并没有把它当成一种神性，或者从传统的对神的敬畏这样的方向去理解它，我只是觉得他父亲能够在一个危难面前表现出这样一种态度，本身就是很神性的，是超出常规的，超出一般人的理解的想法，并且他还这样做了。其实这个情节让我想到，很早以前看《泰坦尼克号》，看到船要沉的时候，他们在那里拉琴，类似音乐会，我觉得这是对待危难的超脱的人生态度。最后看父子俩，父亲不让儿子去海上，他儿子选择做糖人，但是做糖人这个东西依然传承了他父亲的精神。在做不同行业的时候，秉承同一种精神，同一种非常开阔的人生观和价值观。相似的表达了让我觉得非常敬佩的价值观的小说，另外有一篇叫《乱》。这篇小说特别有意思，一开始是说一个人，他生下来特别有官相，他父母觉得这个人生下来应该是要做官的。但是他后来科举考试怎么样也考不中，就去游历四方。在他游历四方的过程中，做了很多官员都做不到的事情。他一直去帮助他人，帮助百姓逃避官兵、隐瞒财产之类的，其实是做了大部分官员都做不到的事。这里也体现出谢老师的一种人生观念，一个人为世界付出或者为他人做出一些贡献，不一定要通过做官这种方式来完成。还有一篇是《青布拦腰》，刚刚也有老师提到这篇，我对这篇印象也很深，一个女孩子，一个乡村女孩子，遇到了这样一个机会，被许诺说以后让你做皇后，她把这个秘密随便说出去了，家家户户都挂上了青布拦腰，但是并没有人真的想要去做皇后，好像做皇后这件事对浙江的女孩子来讲没有那么大的吸引力。这点跟我们现在的价值观，包括一贯的价值观，它不是很一致，但是我觉得它是超越了一般的人性的一种理想的状态。

其实我觉得，当一个人真诚地写作，你去阅读他的作品，就好像和这个人交朋友一样，可以从文字背后看出这个作家自己的人格、自己的一种人生观，以及对世界的向往。所以从这方面来讲，我非常敬佩谢老师，很高兴能够读到谢老师的作品。

过手：江南的素材转化为虚构的作品

《花城》编辑梁宝星：在谈作品之前，我也浅谈一下微型小说这种文体。

微型小说这些年越来越受到读者的喜爱，可能也跟媒体的更新迭代有关，跟读者的阅读习惯有关，新媒体的冲击导致阅读习惯的改变。

所以，在我的理解中，微小说更注重画面感，瞬间的画面，而微型小说则注重故事感。谢志强的小说讲究的不是短暂的画面，而是故事性，是流动的情节。

《过手》这本书有个副标题——江南聊斋第二部，这当然让我第一时间想到了蒲松龄的《聊斋志异》。刚才张老师也说了蒲松龄是山东人，但《聊斋志异》所写的有很多是江南一带的文人、鬼狐故事，因为蒲松龄有过一段到南方游历的经历。谢老师的小说虽然不完全在于志异，却到处充斥着怪诞、诡异、神秘的氛围。

这些小说都以故事为核心，这些故事是民间传说、乡镇故事，或者文人奇谈。但作者并没有停留在故事的表面，没有为了写怪诞和诡异而故意去营造这种氛围，而是跳出了故事去写更辽阔的事物，故事之外是有延宕的，这个延宕就是微型小说以及刚才所说的微小说的张力所在。

比如《石匠村》《薛婆桥》，石匠村以及薛婆桥的命名是对某些平凡却又了不起的人的纪念。

还有作为书名的《过手》这一篇，开始的时候我以为是过手就是过招的意思，两个人切磋医术，读到最后才知道原来过手是指经过他人之手，文中是指得到了仙人的仙气，得到仙人的帮助。

还有《吹笛的牧童》这篇，秀才向放牛少年问路，少年是个聋哑人，他卧在石头上抬起头，秀才就明白了，石字出头是右字，就是往右的意思。这些都挺有意思。

如此庞杂的故事，当然也跟江南这片地方，宁波这座城市的文化底蕴、文人风度息息相关，正是这片地域几千年的文人历史为我们提供了如此多的素材。所以，谢志强的小说是有一个坚实的历史文化作为台阶的，这给了他虚构的空间。用过手这个概念来说，就是他得到了当地文化、历史文人、传统的过手，加以他精湛的叙事技巧，就写出了这些小说，创造了独特的地域文化的价值。

每一个反转都是为了延展小说的意义和意味

浙江财经大学教授　黄咏梅：我第一次接触谢老师的作品的时候，还是在十多年前在《羊城晚报》工作的时候，过手了很多谢老师的作品。现在看这部《过手》，跟他以前的作品比还是有一点改变。以前谢老师可能写新疆的个人体验、个人经历会更多，还有一些针砭时事的作品。这一次他终于写江南了，写到了宁波，写到杭州，反正写江南的地方风物，我觉得也挺亲切的。

还有一个我认为比较珍贵的是这部作品里面回到了传统美德的那种主题，这个已是蛮久违的了，也跟他作品的传统、古意的腔调很吻合的。谢老师也跟我聊过微型小说的关于"翻几番"的技术上的问题。其实以前我们读微型小说，可能就会想，一看到开头，就希望能看到后面抖的什么包袱。但是谢老师的这些小说，无论是"翻几番"，每一翻都是对小说意味的延展，我觉得这个就有别于那种抖包袱的效果，这是我读了他这两部小说后的很深的印象。

比如我很喜欢《客串》，卖五香豆的那个人，有一个机会上台去客串了一下，表演非常精彩，就三句台词，却获得了满堂彩，主角就已经有点嫉妒了。如果这一翻只停留在这里的话，这只是一个抖包袱。但是谢老师在里面还设置了一番，主角临时加戏，就希望客串的人出丑。但是这个戏迷又很巧妙地接上了他的考验，又获得了满堂彩。小说最后那句话就说到了这一"翻"的意味了，有人劝他改行去演戏，他说我还是卖东西，里面有句话"戏里花样多"。如果没有前面加戏的那一翻，他可能在这时候讲出这句话就有点突兀了。谢老师加了这一番之后，这篇小说就不仅仅是一个客串的故事这么简单了。这样的例子很多，我觉得谢老师笔下的每一翻，每一个反转，都不是为了夺人眼球，而是为了延展这篇小说的意义和意味，这是我读到的一个比较重要的特质。

微型小说是一种很经济的文体，谢老师的语言真的像很多老师说到的那样，是很讲究的。比如他在《灯笼》里写等待，"一个弄堂的光都被灌进了灯笼里面"。我觉得一个"灌"字就已经写出了母亲对儿子的那种用心良苦，类似这样的语言在里面非常多。我觉得在微型小说这个如此经济的文体中，每一个字都非常地重要，要用词精准和有意味深长的"经济"。

极小的篇幅里去洞悉习以为常的动人瞬间

《山花》编辑部主任 李晁：《过手》承接了笔记小说的传统，包括人物、环境和生活状态，突出的是一个"奇"字。但是现在想来，那些东西已经不再吸引我了，倒是某些故事里灵光一闪的"机锋"打动人，这种东西有着可以品味的余韵。《过手》里有不少机锋的东西，刚才黄老师也提到了《客串》这一篇，小说里的郝静，偏偏有一个外号叫"阿动"，家里是开五香豆铺子的，他又是一个戏迷，一个机缘巧合之下就登台了，演三国里的许褚，和主角曹操有场对手戏。这篇小说情节其实不复杂，只是阿动登了台才发现，戏随人转，它需要一个瞬间的反应。阿动回应得很巧妙，就化解了一次出丑的尴尬。也在最后的关头，阿动明白了一种可以称得上是人生道理的东西，他知道戏里的花样太多，过好自己的日子，传承好祖宗的手艺才是最重要的。这篇小说想要告诉我们的是什么呢？看似早已编排好的戏，其实也暗含着变数，这个变数里面也包括世道和人心。这种隐含道理、巧妙的叙述在书里还有不少，比如说《东坡肉的秘方》里的秘方，《平衡》里出现的红布等等。那篇叫《茄子》的小说里有这么一句话，"来去空空，修进了一点，就被抹掉了"。这句话读起来其实是很有感触的，这是艺术应该达到的一种境界。这种表现和既往的微型小说还是有点不同。

作者说过几次孙方友先生的"翻三番"，把它提出来讲了不止一次。我认为目的其实是要反对那种过于反转式的叙述。整体读这批小说，可以看出作者对类似的固化模式的态度，感觉作者还是想要老老实实地去讲一段故事，讲出日常的动人之处。这种动人之处不依靠情节的起落来吸引读者的眼睛，这样的讲述当然不需要激烈的因素的参与，它是日常化的，没有那么多令人惊讶的事物，哪怕故事底子仍然是超越于日常的。比如说有一篇小说，讲一个杀手要杀一个仇人，而那个人却做了和尚，并且还是他的亲爹。和尚在做什么事呢？在开山打隧道，为了方便进香的游客。故事的结尾，我们没有看到血淋淋的事件。它通过"开山"的过程，其实就化解了这对父子的矛盾，使他们达成了和解。我觉得作者在很多篇小说里面都用很轻巧的方式去处理这种沉重的题材。有些作品直接就有很冲荡的风格，比如我比较喜欢一篇叫《虫眼》的小说，就讲一个大家闺秀看错了她的女仆的行为，还把苍蝇看成了虫眼。这篇小说看上去完全是没有故事的一个故事，这里面却隐含了一种特有的味道，是对生活微妙的一瞥，这一瞥就有着耐人寻味的风景，我觉得小说的意义在这里面变得高级。上面说到的《过手》有机锋，这样一看，里面还是有禅机的，有通过观察普通事物得来的凝练的人生发现，这是《过手》里比较重要的一个看点。

　　《过手》在处理"怎么来"和"怎么去"的问题上，还是有作者独到的理解的，而且将这本书命名为《过手》，我觉得是强烈地道出了作者的创作意图的。最终看，《过手》是过谁的手，由谁来关键点那么一下？我觉得微型小说如果没有这么一"点"的话，其实很容易沦为平庸的作品。而这画龙点睛的一点，我们看到作者没有用在对情节的设计上，而是回到了人和情境本身，让事物的道理显得具有平常心态和面貌，这就是有想法和追求的写作。由于篇幅的限制，微型小说想要做到这一点的难度，其实比我们以为的常规的短篇小说还要难。同时这种文体还有很多的限制，比如说要打破一种叙述的窠臼，如何在极短小的篇幅里去洞悉一些我们习以为常的动人的瞬间，让它具备另一个角度的发现就显得十分重要。

脱离了微型小说抖包袱的套路

杭州市文艺研究院院长、《西湖》主编 吴玄：刚才很多人都提到了《给大海唱戏》这一篇，我也很喜欢这篇小说，这篇小说里有很多东西，空间很阔大。给大海唱戏，包含了人界、神界，还有父与子、生与死、人的命运等等。

这次我看了《过手》，它倒是真的改变了我对微型小说的看法，至少在谢志强老师这儿，他写微型小说，是有非常宏大的追求的。我原来不知道微型小说是什么东西，我看了他的微型小说，我才发现在这个微型小说的文体上，我们谢老师是做了很多努力的，而且应该说是成功的。比如说他写微型小说的路数，他不是写一篇，而是写一个系列，系列就是从题材上把微型小说给系统化了。如果单篇的微型小说确实觉得太单薄，但是这么一大串，有一个从小到大的过程，就成了一个系统。这个跟我当年的认识就完全不一样了。而且我们谢老师也脱离了最早的那种微型小说的抖包袱的经典套路。原来我的理解，微型小说就是欧·亨利式的小说的简化版嘛。但是谢老师把历史掌故、民间故事、笔记小说、志怪小说这些绵长的、有两千年文学史的文学传统都融入他的小说里。所以我就觉得《过手》这本书，今天出版，我们是叫它微型小说集，如果在明清时候出版，它可能就叫笔记小说了。再往前走的话，在唐朝以前，晋朝的时候出版，可能就叫志怪小说了，或者叫其他什么文学门类。

我终于搞清楚了，微型小说的文学史是比小说的文学史长很多的，甚至长了好几千年。我原来非常喜欢读的《世说新语》，原来它是部微型小说集。我原来年轻的时候读《世说新语》，我真没有想过它是微型小说。我在读《阅微草堂笔记》的时候，我也没有想过。但是今天我看到谢志强老师的书，才知道原来我之前读的就是微型小说。而且这个历史和现实，古代与当今的对比，非常有意思。我记得当时读《阅微草堂笔记》，里面一则很短的小说，它的名字我忘了，但是小细节我到现在还记得很清楚。一个人在酒楼上喝酒，跟人家吵架，对方很愤怒，不知道怎么了，就把他的阴茎给割了，随手扔向窗外。阴茎被扔在街上以后，根本没有死，是活的，一跳一蹦地就走了。那个时候我刚好在读弗洛伊德，这篇小说让我产生了很大的震动，我觉得纪晓岚和弗洛伊德是相通的，生命是不死的，是非常强大的东西。那个时候我想写作，这篇小说对我写作产生了很大的冲击力，就是这么一篇短小的东西。我觉得《过手》里面有一些篇目也具有这种文学上的冲击力，像《给大海唱戏》，里面经典的那个场景，也对我造成了很大的冲击力。

第三个问题，我们谢老师是把微型小说跟历史对接上了，把微型小说这个文体在我们的文学史上给定位好了，实现这个是很不容易的。在语言方面，既然微型小说一定要短，我觉得语言是不是也可以跟传统衔接？比如说《阅微草堂笔记》，那些小品，如果是那种语言去写微型小说，那些微型小说作家可能比今天写这些短篇小说、中篇小说、长篇小说的作家都会强很多。古代的那些作家，他们的文学功底，语言的能力，可能超过了现在的很多作家，如果能把那种语言也传承下来，那微型小说会变得很辉煌，那些废话连篇的作者可能就真的没有市场了。

一组微型小说产生了 1+1 大于 2 的效果

《野草》主编　斯继东：谢志强的整个写作状态非常放松。看了《过手》以后你会发现，在这个小说家的身上，他什么东西都可以拿过来，这个我觉得已经是一种能力。他能非常自如地处理一些触手可及的题材，他搞一下，就变成一篇小说了。这其实是一种能力，这种状态也是特别好的。

从我个人的想法来说的话，对谢老师想提一点建议。《过手》这么一本书，它总共是 64 篇短篇小说，但是我整个看下来，还是给我一个感觉，我觉得比较浮杂。问题在哪里呢？对这 64 篇小说，你应该分分类，比如说看了《给大海唱戏》，一下子跳到《乌纱帽》去了，从《乌纱帽》再到《罚戏》，这样非常跳跃，当然你说非常丰富也对，但是我还是觉得有点浮杂，这个地方你是不是能处理一下？我非常喜欢看《世说新语》，反复看，它是分类的，它是按内容来分，德行、言语、雅量，还有排调。"排调"这个词蛮有意思的，我们本地有个土话叫"调排"，比如说我捉弄吴玄，我们叫"调排"。《世说新语》里面有一个"排调"，我估计我们土话的"调排"是从这里来的，因为它的内容就是这么一些东西。